W0410485

KATIE
ET LE CHEVAL SAUVAGE 4

Une nouvelle vie

Titre original :

Katie and the mustang, book 4

© 2004 by Kathleen Duey
All rights reserved including the right of reproduction in whole or in part in any form. This edition published by arrangement with Puffin Books, a member of Penguin Group (USA) Inc.
© Éditions Flammarion, pour la traduction française, 2005.

KATHLEEN DUEY

KATIE ET LE CHEVAL SAUVAGE 4

Une nouvelle vie

Traduit de l'anglais (américain) par Catherine Guillet-Danison

Castor Poche Flammarion

Chapitre I

Nous passâmes trois jours à Fort Laramie*. Les McMahon devaient s'occuper d'un de leurs bœufs blessé à un sabot ; Andrew Kyler devait réparer un de ses tonneaux d'eau ; des jantes de roues s'étaient desserrées — la liste des ennuis ne cessait de s'allonger.

Mme Kyler et moi-même en profitâmes pour laver tous les vêtements qui se trouvaient dans le chariot, nettoyer la boîte des ustensiles de cuisine dans laquelle poussière et insectes s'étaient accumulés, aiguiser les couteaux, ainsi que remettre de l'ordre dans ce qu'elle n'avait pas eu le temps de ranger

---

* Voir *Katie et le cheval sauvage*, tome 3.

pendant la route, secouer le lit de plume, les couvertures et les courtepointes. Je lavai ma propre couverture dans la rivière Laramie, allongée sur le rebord de la berge tandis que Mme Kyler me tenait par les chevilles pour que je ne tombe pas la tête la première dans l'eau. Bref, nous fîmes tout ce que nous n'avions pas eu le temps ou le courage de faire en chemin. Et le soir, je relus deux des histoires contenues dans le livre de ma mère.

Mme Kyler avait espéré pouvoir faire quelques achats dans le magasin principal du fort, mais les prix y étaient trop élevés — de dix à vingt fois plus que dans les autres forts que nous avions traversés. Comme tout le monde, elle avait aussi espéré vendre certaines affaires, mais le propriétaire du magasin n'achetait plus rien à qui que ce soit. Ceux dont les chariots étaient vraiment trop chargés furent donc obligés de trouver une solution. Le poids tuait leurs bêtes.

M. et Mme Craggett, entre autres, se disputèrent au sujet d'un fauteuil à bascule en rotin qui avait appartenu à sa grand-mère à elle. Leurs bœufs maigrissaient déjà à vue d'œil — Mme Craggett avait emporté tout ce qui lui était précieux dans sa maison. Leur discussion me fit repenser à Mme Stevens. Il n'y avait aucun moyen de savoir si elle et M. Stevens se trouvaient devant ou derrière nous sur la piste — ou s'ils avaient depuis longtemps décidé de rebrousser chemin. Avaient-ils trouvé un convoi assez nombreux avec lequel voyager ? Mme Stevens avait-elle essayé, elle aussi, de tout emporter ?

Le guide qui campait au fort avec un convoi, et auquel nos hommes avaient demandé s'il accepterait que nous nous joignions à lui, se révéla un homme aux idées très arrêtées. Il était résolu à prendre avec les chariots un raccourci dont l'ami d'un de ses amis avait entendu parler. Selon lui, ce chemin venait tout juste d'être découvert et réduisait le voyage de cent cinquante kilomètres.

L'idée de partir à la recherche d'une route que le guide lui-même ne connaissait pas n'enchanta personne, pas même M. Silas. M. Kyler remercia donc l'homme, qui s'était déplacé jusqu'à notre campement, et le laissa rejoindre le convoi dont il avait la charge.

Durant notre séjour à Fort Laramie, de nouvelles caravanes arrivèrent une ou deux fois par jour. Pour la plupart, c'étaient des caravanes de mormons*. Certaines prirent à peine le temps de s'arrêter. D'autres installèrent leur campement comme nous l'avions fait. Lorsque j'emmenais paître le mustang le matin, je voyais les gens qui discutaient à voix basse en s'étirant près de leurs chariots, heureux de ces rares matinées où ils n'avaient pas besoin de se presser.

L'après-midi de notre départ, nous nous trouvâmes au milieu d'une longue ligne de chariots s'étirant devant et derrière nous comme les perles d'un collier. Nos hommes avaient cessé de se demander quel guide prendre. Jusqu'à Fort Bridger au moins, nous aurions de l'aide sous la main et nous n'aurions aucun doute à avoir quant à la meilleure route à prendre.

— Nous ne sommes que quatorze, me dit Mme Kyler un après-midi.

Elle suivait le chariot à pied comme elle le faisait parfois pour se dégourdir un peu les jambes et échapper aux secousses incessantes des roues en bois.

Je levai les yeux vers elle en opinant. Elle

* Membres d'un mouvement religieux fondé aux États-Unis en 1830, qui tire ses sources de la Bible.

énuméra alors les noms en les comptant sur ses doigts :

— Six chariots pour nous, les Kyler ; un pour M. Silas et ses compagnons ; un chacun pour les Craggett, les Heldon...

Tandis qu'elle poursuivait sa liste, je me pris à penser à cette étrange association de personnes qui avaient décidé de faire route ensemble. À l'avant de la colonne, se trouvaient les six chariots des Kyler, et moi, qui marchais à leur hauteur, même lorsque je décrivais de grandes courbes afin de trouver de l'herbe pour le mustang. En général, Andrew et son troupeau voyageaient aussi à la hauteur des chariots de sa famille. Quant à Julia, Polly, Hope et les plus jeunes des petites-filles Kyler, elles se plaçaient derrière l'un des chariots de leurs parents.

Puis venaient M. Silas et ses trois compagnons, avec leurs barbes, leur façon rustre de s'exprimer et leur attitude renfermée. Le soir, la plupart du temps, ils restaient autour de leur propre feu de camp, à parler à voix basse de projets d'affaires, de bétail, de la guerre au Mexique, et de je ne sais quoi encore. Je les écoutais quand je le pouvais, mais quand ils me remarquaient, ils me chassaient rageusement de la main.

Il y avait aussi la famille qui comptait les kilomètres pour nous — les Taylor, avec leurs cinq enfants, dont quatre marchaient pendant que Mary, leur sœur, le teint blême, restait dans le chariot de ses parents, souvent allongée. Mary me faisait de la peine. Douce comme une pluie de printemps, elle me souriait quand elle me voyait. Je lui retournais toujours son sourire en lui faisant un petit signe joyeux, mais je ne lui parlais pas vraiment. J'aurais dû le faire.

Les suivants étaient les McMahon — des gens tranquilles, au physique imposant, et qui avaient un petit garçon adorable et très drôle du nom de Toby. J'aimais la façon dont ils parlaient de tout, la façon dont M. McMahon laissait toujours sa femme donner son avis. Derrière eux, il y avait les Craggett. Mme Craggett était très à cheval sur ses principes et j'étais persuadée qu'elle détesterait Liddy McKenna à jamais, tout simplement parce qu'elle était différente de la plupart des femmes qu'elle connaissait, et ce malgré le nombre de fois où elle avait libéré un de nos chariots ensablés avec sa grosse jument de trait ou offert son aide pour tout autre problème, comme une bonne voisine l'aurait fait.

Après les Craggett venaient les Heldon — Grover et ses parents. Je détestais M. Heldon pour les bleus qu'il laissait sur le visage de Grover. Et j'avais peur de Grover, parce qu'il était le garçon le plus méchant que j'avais jamais rencontré. Je souhaitai secrètement à plus d'une reprise qu'ils trouvent un autre convoi avec lequel voyager, mais ils restèrent avec nous.

Les trois chariots de Mlle Liddy McKenna fermaient la marche. Elle en conduisait un elle-même ; l'homme noir, le second ; et une sorte de géant étrange, avec de grosses mains et de grands pieds, conduisait le dernier. Il y avait avec eux un troisième homme, qui portait ses cheveux blonds attachés sur la nuque par une lanière en cuir brut, à la manière des trappeurs. J'avais remarqué à Fort Laramie que l'homme noir s'était mis à boiter. Je ne savais pas comment il s'était blessé et je n'avais entendu personne en parler non plus.

Notre convoi faisait comme si les gens du cirque n'étaient pas là, à marcher derrière nous, à camper près de nous — à moins que nous n'ayons besoin de leur aide. Sur les quatre, je ne connaissais que le nom de Mlle Liddy McKenna. Je n'étais pas sûre que quiconque en sache davantage. Avant de se joindre à nous, ils avaient voyagé avec une expédition qui avait été décimée par une épidémie de fièvre et personne ne voulait s'approcher d'eux, mais personne ne s'était vraiment opposé à leur présence. Il était rassurant d'avoir trois chariots de plus, bien que ce ne soient pas de vrais chariots bâchés et qu'ils transportent des tonnes de costumes pour leurs spectacles et du maïs concassé pour leurs étranges chevaux, à la place d'outils de ferme et de courtepointes.

Lorsque je sortis de mes pensées, Mme Kyler s'était arrêtée de parler. Elle m'observait.

Je lui souris :

— Je passais tout le monde en revue, lui dis-je en faisant un large geste de la main.

— C'est vrai que c'est un groupe intéressant, me répondit-elle en souriant aussi. J'admire cette Mlle Liddy, mais ne le dis pas à mon mari. Les femmes savent faire beaucoup plus de choses que la plupart des hommes ne veulent bien l'admettre, ajouta-t-elle en baissant la voix. J'aimerais vraiment qu'ils nous montrent leur spectacle, j'y pense tout le temps.

— Oh, oui, moi aussi ! m'exclamai-je, tout excitée.

— Je crois qu'on aimerait tous ça, fit-elle en hochant la tête. Je me suis demandé pourquoi ils n'avaient pas proposé de le faire pendant qu'on était à Fort Laramie. Ils auraient attiré une foule de gens. C'est peut-être parce que M. Le Croix s'est foulé la cheville.

— M. le quoi ? répétai-je.

— M. Pierre Le Croix. Un nom difficile à prononcer pour nous, *le-cro-a*. M. Le Croix vient de France, m'expliqua Mme Kyler. Je ne savais pas qu'il y avait des Noirs en France, ajouta-t-elle en souriant. En fait, je ne suis pas sûre de savoir quoi que ce soit sur ce pays, si ce n'est qu'ils ont donné de l'argent à notre bon vieux Ben Franklin* afin qu'on ait assez de troupes et de quoi les nourrir pour gagner notre révolution.

Je la regardai, médusée.

— M. Le Croix, répétai-je autant pour moi

* Benjamin Franklin (1706-1790), physicien, philosophe et homme politique américain. En 1776, il participa à la rédaction de la Déclaration d'indépendance et fut désigné par le Congrès pour solliciter de la France des secours afin de mener à bien la guerre d'Indépendance contre l'Angleterre. *(N.d.T.)*

que pour Mme Kyler. Vous connaissez le nom des deux autres ?

Elle opina :

— Mlle Liddy s'est mise à parler chevaux un jour avec Andrew, au fort. Je n'étais pas loin, donc je lui ai demandé. Le blond s'appelle M. Jacob Swann, et le grand, James Dillard.

Je soupirai. Mlle Liddy et moi n'avions parlé qu'une fois, lorsqu'elle m'avait posé des questions au sujet du mustang et qu'elle m'avait appris qu'elle aussi était orpheline. Je voulais faire sa connaissance. Mais la vérité, c'était que j'avais peur de m'approcher d'elle, d'elle et de ses amis. La fièvre me terrifiait. Je ne pouvais pas y penser sans me rappeler ma famille, avec quelle rapidité tous étaient tombés terriblement malades, avec quelle rapidité tous avaient disparu.

— Ça va ? me redemanda Mme Kyler.

Je hochai la tête.

— Tu penses aux tiens ?

Je levai les yeux vers elle. Je n'avais jamais parlé à personne de ma famille et de la façon dont je l'avais perdue, sauf à Hiram, un peu — et au mustang. Je ne voyais aucun avantage à faire part de mes tracas à Mme Kyler. Elle avait bien assez de soucis de son côté. Je lui fis non de la tête ; elle me tapota affectueusement le bras.

Toute cette première semaine après notre départ de Fort Laramie, nous fûmes précédés et suivis de convois de mormons. Jour après jour, les hommes poussaient les barres qui faisaient office de harnais sur leurs étranges petits chariots sans chevaux. La seule pensée de l'état d'épuisement et de souffrance dans lequel ils devaient se trouver me laissait bouche bée ; lorsque nous traversâmes la rivière Platte, je les observai, inquiète, mais tous passèrent en sécurité de l'autre côté, comme nous. Il y avait bien un bac de fortune à disposition, mais le niveau de l'eau était bas et personne ne l'utilisa.

Nous prîmes ensuite la direction du sud-ouest pour rejoindre la rivière Sweetwater, dont nous suivîmes le cours en ajoutant le plus de distance possible entre chaque convoi, puis entre chaque chariot, pour que la poussière ait le temps de se déposer un peu. C'était insupportable. Parfois, elle était si épaisse que Mme Kyler me prêtait un mouchoir en lin pour me protéger la bouche et le nez. On mouillait le tissu. Cela nous soulageait, mais nos yeux nous picotaient et coulaient constamment.

Cette poussière donna aux bâches des chariots une teinte marron ; et elle borda les naseaux du mustang de la même façon.

Lui et moi nous en sortions mieux que d'autres. Au moins, je pouvais m'éloigner des chariots, là où la poussière se dissipait un peu. Je plaignais les conducteurs. Je plaignais cette pauvre Mary Taylor par-dessus tout. Je l'entendais tousser la nuit.

L'eau de la rivière Sweetwater était pure et limpide, froide le matin et encore fraîche l'après-midi. Grâce à elle, l'herbe devenait meilleure aussi. Tous les jours, dès que j'avais une seconde, j'emmenais paître le mustang. Il avait maigri, mais il semblait frais et dispos quand j'allais le chercher, à l'aube, et que je le faisais sortir de notre demi-cercle de chariots — nous n'étions plus assez nombreux pour former un cercle complet.

— Fais attention aux serpents, me lança M. Kyler un matin.

— Aux serpents à sonnette ? lui demandai-je en le regardant.

Il y en avait dans certaines parties de l'Iowa, je le savais. Mais je n'en avais jamais vu.

— Un homme m'a dit à Fort Laramie que plus on avance, plus ils deviennent gros. Ils aiment bien les buissons d'armoise et les rochers.

Je hochai la tête en avalant ma salive. Des serpents. Pourquoi n'y avais-je pas pensé moi-même ?

— Un gros crotale peut estropier un cheval à un point tel qu'il faut l'abattre. Toi, il te tuerait. J'aurais bien aimé qu'Hiram et Annie puissent venir avec nous, ajouta-t-il comme s'il y avait un lien entre eux et les serpents.

Mais je comprenais ce qu'il voulait dire. Il m'aimait bien, cependant avoir un enfant de plus à sa charge, c'était un souci de plus aussi, alors qu'il n'avait déjà pas le temps de s'occuper de ses propres petites-filles comme il le souhaitait. Si Hiram et Annie avaient poursuivi le voyage avec nous, Hiram aurait été responsable de moi.

— Je ferai attention, ne vous inquiétez pas, lui dis-je d'une voix égale.

Il m'adressa un sourire las. C'est alors que M. Silas cria son nom ; il s'éloigna pour aller voir ce qui se passait.

Cent longs kilomètres, sous un soleil de plomb, à travers des étendues couvertes d'une herbe cassante et d'une armoise coriace, sur les bords de la rivière Sweetwater, finirent par nous conduire à Independence Rock, un monticule de roche brune aux formes émoussées. Les garçons et les hommes se ruèrent dessus comme des fourmis sur du sucre renversé pour y graver leur nom.

Je m'approchai avec le mustang, pour lire les lettres burinées dans la pierre à l'aide de couteaux, de ciseaux, d'arrache-clous. Certains des messages me brisèrent le cœur. « Margaret est morte, disait l'un. Je rentre à la maison. »

D'autres étaient cocasses. Quelqu'un avait écrit : « Oregon, non de non. » Le premier *O* était quatre fois plus gros que le reste de la phrase. Je me demandai si leur auteur n'avait pas été forcé de revoir ses ambitions et de graver des lettres plus petites après avoir découvert à quel point la roche était dure.

J'entendais des voix de tous les côtés de cet immense rocher, les gens lisant les inscriptions à voix haute, égrenant les noms et les lieux, les messages laissés pour des parents ou des amis.

Après Independence Rock, nous arrivâmes en vue de deux autres rochers, cette fois semblables aux deux montants d'un grand portail — ou du moins, c'est ce qu'ils évoquèrent à mes yeux. La Sweetwater s'était creusé un passage étroit au travers d'une grande falaise. Les gens l'avaient baptisé *Devil's Gate*, « la porte du diable ». Il était impossible de le suivre ; à cet endroit-là, il n'y avait plus de berge le long de la rivière. Nous repérâmes bientôt les sillons creusés par des chariots qui nous avaient précédés et qui nous montrèrent la route à suivre. Le terrain était accidenté et en pente.

Alors que nous gravissions le flanc de la colline qui contournait l'extrémité de la falaise, l'une des juments d'Andrew glissa et tomba sur le flanc en gémissant de douleur. Après de gros efforts, elle finit par se relever, tremblante, mais l'un de ses postérieurs était replié et formait un angle étrange. Son sabot ne touchait pas le sol.

Lorsqu'un cheval se blessait ainsi à une jambe, il était impossible de le sauver. La blessure en général ne cicatrisait pas et, incapable de se déplacer pour se nourrir, le cheval mourait de faim dans de terribles souffrances. Je sais que c'est horrible à dire, mais telle était la réalité, et elle aurait été la même dans une ferme où le cheval ne devait pas se déplacer tout le temps comme avec nous sur la piste.

Je me souvenais que mon père avait abattu

un cheval pour cette raison et, malgré son émotion, Andrew Kyler dut aussi le faire.

Lorsque je le vis aller chercher son fusil dans son chariot, je m'éloignai avec le mustang en courant aussi vite que je le pus à travers les éboulis. Lorsque le coup de feu retentit, nous étions assez loin pour qu'il nous arrive légèrement feutré. Cela ne m'empêcha pas de tressaillir. Je vis Andrew plus tard dans la journée et ses yeux étaient creux et tristes. La jument était l'une de ses préférées, elle était tendre et douce.

Une fois le *Devil's Gate* passé, nous traversâmes un désert d'armoise si aride que mes lèvres se desséchèrent avant de se gercer. J'avais déjà une crevasse sur celle du bas, et elle se rouvrait et saignait un peu chaque fois que je bâillais.

Au fur et à mesure, la terre sous les sabots des bœufs se transforma en sable. À perte de vue, il n'y avait que crêtes montagneuses, ravins profonds et falaises — et au-delà, presque au bout de l'horizon, des pics bleutés se ruant à l'assaut du ciel. Nous n'arrivions pas à les quitter des yeux. Aucun d'entre nous n'avait jamais vu de montagnes.

Cela me paraissait tout simplement impossible. Comment de la terre et des rochers pouvaient-ils s'entasser aussi haut ? Sans compter qu'au fil des kilomètres, incrédule, je voyais ces cimes grossir davantage encore. Puis, un jour, nous vîmes que les pics étaient blancs.

Un midi, alors que nous nous étions arrêtés pour le repas, Mlle Liddy remarqua que mes yeux étaient fixés sur ces points étranges. Lorsque, plus tard, je passai près de son campement en emmenant paître le mustang, elle me lança :

— C'est de la neige.

— Pas au milieu du mois de juillet, la repris-je.

Je m'étais arrêtée à bonne distance, toujours réticente à l'idée de m'approcher d'elle et de ses amis.

Elle me sourit et hocha la tête, sans essayer de venir plus près. Je lui en fus reconnaissante.

— Que veux-tu que ce soit d'autre, Katie ?

— Des pierres blanches, suggérai-je en haussant les épaules. Du sel ? Comme le lac où les mormons construisent leur ville ?

— Tu veux parier ? me répondit-elle en riant.

Je secouai la tête en rougissant.

— Il n'était pas permis de parier dans ma famille. Aucun jeu d'argent n'était autorisé.

Cette fois, Mlle Liddy rit aux éclats :

— Pourtant, tu prends de gros risques en allant dans l'Ouest ! C'est un jeu — tu fais le pari que tout se passera bien.

Je haussai les épaules, en sachant que mes parents m'auraient réprimandée pour avoir osé ne serait-ce qu'aborder ce sujet. Mais d'une certaine façon, je trouvais que Mlle Liddy avait raison. Quiconque avait entrepris ce voyage vers l'Ouest était prêt à prendre des risques, sinon on restait chez soi.

— Ils disent tous que la dernière partie du voyage est la pire, ajouta alors Mlle Liddy d'une voix calme.

J'avais entendu dire la même chose. Le mustang tenait le coup, il était robuste et sain. Mais à voir les volutes de chaleur s'élever du sol desséché en miroitant, je me demandai si nous arriverions tous dans l'Oregon. Certains jours j'étais si épuisée et si découragée que je me demandai même si aucun d'entre nous y parviendrait.

Chapitre 2

— Je n'ai jamais vu un étalon aussi docile que le tien, me lança M. Taylor un matin alors que nous levions le camp.

— Il n'est pas si docile que ça, lui répondis-je. Je crois qu'il me fait confiance, c'est tout.

— Tu devrais laisser un des hommes le dresser, pour que tu puisses le monter au moins, me dit-il en haussant les épaules. Avec un poids plume comme toi, il ne serait pas surchargé.

— Ça ne me dérange pas de marcher, lui rétorquai-je.

C'était vrai. J'étais si habituée à aller à pied que lorsque je devais monter dans le chariot, ses soubresauts me donnaient la nausée. C'est ce que je lui répondis.

— Tu préférerais être à cheval, me fit-il en riant.

Je lui souris pour qu'il ne me trouve pas impolie, mais je voulais m'en aller, car je venais de voir Grover marcher, tête baissée, à l'autre bout du chariot. Avait-il entendu ? Je l'observai quelques secondes ; il était occupé par ses corvées et passa sans se retourner.

— Regarde-moi ça, reprit M. Taylor, le sourire aux lèvres, en faisant un signe de la main vers les attelages de Mlle Liddy avant d'aller aider sa femme à finir de recharger leur chariot.

Je suivis son geste pour découvrir Mlle Liddy McKenna, en pantalon, montée sur sa grosse jument baie, sans mors, sans bride et sans selle. Je l'avais vue chevaucher sa jument ainsi de nombreuses fois — comme tout le monde. Chaque fois, je tombais sous le charme de cette monture qui obéissait aux ordres de sa maîtresse par respect et par amour, et non par peur de fouets en cuir ou de mors en métal. Je soupirai. Faire du cheval de cette façon, en toute confiance...

Je posai ma main sur la joue du mustang et il se tourna vers moi, comme il le faisait toujours, pour me pousser l'épaule du nez.

— Est-ce que tu me laisserais te monter ? lui demandai-je, avant de rougir de honte en entendant l'éclat de rire de Grover.

— Non, hon, hon, hon... je ne veux pas, ha, ha, ha, lança-t-il d'une voix chevrotante pour imiter un hennissement.

Une grimace pleine de sarcasme déformait son visage.

Sans dire un mot, je m'éloignai avec le mustang. J'étais furieuse contre moi-même. Oui, je lui parlais *vraiment* comme à une personne. Je m'y étais tellement habituée que je ne m'en rendais même plus compte.

— Je dois faire plus attention, dis-je au mustang avant de rougir de nouveau et de regarder aussitôt autour de moi.

Comme d'ordinaire, Polly et Julia étaient ensemble, près du chariot des parents de la première, occupées à trier dans une corbeille des baies qu'elles avaient ramassées la veille le long de la rivière. La mère de Polly, un petit bout de femme, ravaudait, assise sur une bûche, le soleil du matin se reflétant sur son aiguille.

Aucune d'elles ne me regarda. Cela leur arrivait souvent. Rien n'avait changé. Elles n'étaient jamais méchantes avec moi. Je dirais plus exactement que j'étais invisible à leurs yeux. Je glissai les doigts sous la crinière du mustang et sentis la chaleur de son corps sur la paume de ma main.

J'y avais beaucoup réfléchi. Je savais que les petites-filles Kyler ne faisaient aucun effort pour devenir mes amies en partie parce qu'elles partageaient déjà une amitié entre elles. Elles se connaissaient depuis qu'elles étaient nées et elles étaient unies comme les doigts de la main.

Une autre raison provenait du fait que j'étais rarement seule, sans le mustang à mes côtés. Je devais m'occuper de lui — et non jouer à des jeux futiles. Depuis que je les connaissais, j'avais été obligée de passer la plus grande partie de mes journées à lui chercher de l'herbe. Je ne pouvais pas me permettre de faire la course entre les chariots ni de jouer à celle qui trouverait le plus de bois mort ou le plus de bouse de bison séchée. Je ne pouvais pas non plus jouer à cache-cache quand on s'arrêtait pour manger à midi. J'aidais leur grand-mère à préparer les repas et à tout nettoyer. Leurs mères les laissaient jouer ensemble avant qu'elles aillent se coucher. C'était l'heure à laquelle j'aidais Mme Kyler à préparer le chariot pour le lendemain matin, où je rangeais les ustensiles de cuisine dans leur caisse et où j'emmenais l'étalon pour la nuit près des juments et des chevaux d'Andrew.

Toutefois, les petites-filles Kyler jouaient et riaient moins qu'elles ne l'avaient fait au début du voyage. Désormais, le soir, elles étaient fatiguées, épuisées par la canicule. Nous l'étions tous. Le soleil accablant affectait notre moral.

Chaque jour, la température augmentait encore et encore et, certains soirs, personne dans le campement ne parlait. Beaucoup se contentaient de manger, puis restaient là, les yeux rivés sur les flammes de leur feu de camp avant d'aller se coucher sans dire un mot à qui que ce soit.

Lorsque Mme Kyler constatait que ses petites-filles m'ignoraient, elle me proposait de leur parler en ma faveur. Chaque fois, je la suppliais de ne pas le faire. Je n'étais même pas sûre de les vouloir comme amies — mais, même si cela avait été le cas, son intervention n'aurait amélioré en rien la situation. Au contraire, elle n'aurait fait que l'envenimer.

Cependant, j'enviais les petites-filles Kyler. Aucune n'avait perdu ses parents ni une sœur comme moi. Aucune n'avait jamais eu à vivre avec des inconnus cruels. Le plus grand malheur qu'elles avaient côtoyé avait été l'accident d'Annie. Et pour terrible qu'il ait été, Annie était probablement en voie de guérison désormais, et elle avait l'amour d'Hiram pour l'aider à passer cette épreuve. Comme toujours lorsque je pensais à eux, je priai qu'ils soient tous deux en bonne santé et que les mains d'Annie soient complètement guéries.

— J'espère les revoir un jour, murmurai-je au mustang.

Il souffla dans mon cou et je sentis l'odeur de l'armoise dans son haleine.

Je tournai la tête vers les chariots derrière moi. J'étais trop loin pour qu'on m'entende.

— Il faut toujours les appeler je ne sais combien de fois avant qu'elles viennent manger, dis-je alors en sachant que je m'autorisais un reproche mesquin et dérisoire.

Mais cela m'agaçait qu'elles se poursuivent sans fin, en riant à travers le campement, alors que j'aidais leur grand-mère à préparer les repas. Elles n'étaient pas raisonnables. Un soir, Hope avait envoyé de la terre dans la marmite à coups de pied. Mme Kyler avait réussi à en enlever la plus grande partie, mais les haricots avaient quand même craqué sous la dent.

Toby, le petit garçon des McMahon, était bien mieux élevé. Comme les enfants Taylor. Mais les Kyler étaient tous en adoration devant leurs filles ; on ne pouvait pas dire exactement que c'étaient des enfants gâtées, mais tout de même, elles étaient un peu têtes de linotte, peut-être parce qu'il ne leur était jamais rien arrivé de grave. Cette pensée me dérangeait aussi. Je ne *voulais* pas qu'il leur arrive quoi que ce soit.

— Si ça se trouve, je suis juste jalouse, dis-je soudain et si fort que l'oreille du mustang tressaillit.

Sur ce, je me décidai enfin à l'emmener paître comme tous les matins. Il n'avait aucune charge à tirer ni aucun travail à faire, pas davantage que la plupart des chevaux d'Andrew, et pourtant, eux maigrissaient à vue d'œil. Chaque jour qui passait, l'herbe devenait plus rare.

À plusieurs reprises, nous avions vu au loin ce qui ressemblait à des antilopes aux bois fourchus. Les hommes Kyler essayèrent d'aller chasser ce gibier de fortune. La première fois, ils revinrent fatigués et grincheux ; mais la seconde, ils avaient sur leur selle deux de ces *pronghorns**.

Ce soir-là, tout le convoi se réunit autour du feu de bois de Mme Kyler. Elle en savoura chaque instant, je le vis bien ; l'agitation et les rires — et, enfin, autre chose à manger que du bacon — furent un baume sur son cœur meurtri. Elle adorait avoir de la compagnie, elle adorait plaisanter et rire et faire en sorte que chacun se sente le bienvenu chez elle.

Ma mère avait été comme elle — toujours prête à recevoir les autres. Voir Mme Kyler sous ce jour me rappela à quel point ma mère me manquait, et je dus me maintenir occupée pour ne pas pleurer.

Je ne voulais pas gâcher le plaisir de Mme Kyler. Ces bons moments s'étaient faits rares pour elle. Je savais qu'elle s'inquiétait

---

* Espèce d'antilope limitée au continent nord-américain, en particulier à ses grandes plaines et à ses prairies. *(N.d.T.)*

constamment pour Annie qu'elle avait laissée avec Hiram à Council Bluff. Mme Kyler n'en aurait aucune nouvelle avant un an au moins — ou deux plus probablement. Au mieux, le transport des lettres entre l'Oregon et le reste du pays était lent et incertain.

Je fis une petite prière pour Hiram et Annie, en souhaitant que tout se passe bien pour eux et en regrettant qu'ils n'aient pu venir. Annie avait eu raison ce fameux jour à Council Bluff. Hiram était bon. Il n'y avait pas meilleure sorte d'homme que lui — sans compter qu'il avait aussi été un ami. Il me manquait.

Chapitre 3

— Les prairies sont derrière nous, dit un soir M. Kyler. À partir de maintenant, et pour un bon moment, on n'aura plus que des contreforts et des rochers — et après, un col à passer dans les montagnes Rocheuses.

Je soupirai. Rochers et ravins étaient tout ce que je voyais depuis une semaine au moins, partout autour de moi — hormis à l'ouest. Par là, c'étaient les montagnes Rocheuses qui sortaient de terre, bleues et brumeuses avec la distance — et toujours plus imposantes au fur et à mesure que nous nous en approchions.

Le lendemain matin, alors que je m'éloignais des chariots pour aller chercher de l'herbe avec le mustang, celui-ci se mit à faire des pas de côté, l'air effarouché. Je trouvai tout près trois ou quatre touffes encore fournies de brins verts — la plupart, sinon, étaient comme de la paille, desséchées par la chaleur de l'été. Je laissai donc le mustang brouter pour qu'il se calme, tout en regardant la colonne des chariots passer. Je les rattraperais en courant.

J'avais, comme toujours, laissé du mou à la longe, qui tombait en arc de cercle entre ma main et son licol. Nous marchions depuis si longtemps, si près l'un de l'autre que c'était un peu comme s'il me suffisait de *penser* à ralentir ou à tourner, pour que lui le *fasse*.

La plupart du temps, sa présence à mes côtés me paraissait naturelle — en fait, c'est quand il n'était pas là que je me sentais toute drôle. Le soir, parfois, j'étais prise du sentiment étrange d'avoir oublié quelque chose, que quelque chose manquait, avant de prendre conscience que ce *quelque chose*, c'était le mustang, que j'avais laissé avec Delia, Midnight et le reste des chevaux.

J'avalai une longue bouffée d'air, appréciant la fraîcheur du matin pendant que lui continuait de paître. Quand il eut brouté toute l'herbe qui se trouvait là, je m'élançai. C'était bon de courir, l'air était presque froid.

Je regardai devant moi pour m'assurer qu'il n'y avait pas de serpent, mais je n'en vis aucun — je ne m'attendais pas vraiment non plus à en trouver là, du moins pas avant qu'ils aient eu le temps de se réchauffer au soleil.

Ce dernier monta peu à peu dans le ciel pour atteindre son zénith et déverser ses rayons sur la terre. Lorsque nous reprîmes la route après la pause de midi, il y avait tout autour de nous une brume de chaleur mêlée à la poussière. Les bœufs avançaient de leur pas laborieux comme s'ils avaient oublié qu'il y avait une autre vie et qu'ils continueraient d'avancer ainsi jusqu'à ce qu'ils tombent morts.

Je cillai des yeux, tentant comme toujours de repérer des poches d'herbe, mais la chaleur compliquait la tâche — des vagues d'air brûlant s'élevaient du sol en miroitant. L'herbe est plus verte et plus sombre que l'armoise, mais la chaleur brouillait les couleurs et le relief devant nous.

Je finis par aviser ce qui ressemblait à un petit pâturage et m'y rendis. Le terrain descendait en pente douce. Je découvris en m'approchant la présence d'un bourbier. Je ne voyais pas de rivière, pas même de ruisseau — et le sol tout autour était aussi sec que de vieux os. Le bourbier devait donc être alimenté par une source dont l'eau jaillissait non loin de là.

Tout en faisant le tour de cette mare fangeuse, je levai les yeux vers les montagnes Rocheuses. Plus on s'en approchait, plus leur bleu devenait profond, à peine plus sombre que celui du ciel. Elles étaient couronnées de blanc.

— D'après Mlle Liddy, c'est de la neige, dis-je au mustang.

Au même moment, je repérai un ruisselet. L'eau ayant l'air suffisamment limpide, j'y plongeai mes pieds nus — pour faire aussitôt un bond en arrière. Elle était glacée !

Ma réaction surprit le mustang, qui se déroba en se cabrant à demi. Je m'écartai tout en laissant glisser la longe entre mes doigts et j'attendis qu'il se calme ; puis, de nouveau, je m'approchai de la source. Je ne l'aurais jamais imaginé : le sol lui-même était comme un sol gelé au beau milieu de l'hiver, et non comme une terre chauffée par le soleil au plus fort de l'été.

Je me tournai vers les chariots. Ils étaient trop loin pour qu'on m'entende. J'irais prévenir tout le monde dans une minute. Mais d'abord, je voulais explorer un peu ce lieu. D'où pouvait bien venir cette eau glacée ? Je mis une nouvelle fois le pied dans le ruisselet. Il était si froid que j'en frissonnai, malgré le soleil brûlant au-dessus de moi. Par endroits, il y avait même une pellicule de glace à sa surface. Cela paraissait impossible. Je dus me baisser et la toucher pour y croire. Puis je pris une gorgée d'eau. Hormis son léger goût de mousse, elle était bonne et froide comme des glaçons en décembre.

Le mustang en approcha le nez et le releva aussitôt, aussi surpris que je l'avais été. Puis il y revint et but longuement, avant de tourner la tête vers moi et de presser contre mon cou son nez mouillé et froid.

Je m'écartai brusquement en éclatant de rire, mais il allongea alors l'encolure pour mordiller mes cheveux.

— Hé ! le rabrouai-je en riant toujours. Est-ce que tu vas t'arrêter ?

Tout en secouant sa crinière, il inclina la tête. Je pivotai alors sur mes talons et m'élançai en courant, car je savais qu'il ferait derrière moi une ou deux foulées au galop avant de reprendre le trot, comme d'habitude, pour ne pas me dépasser.

Ainsi, d'un seul mouvement, la longe flottant librement, le mustang et moi continuâmes gaiement d'avancer le long de cet étrange bourbier glacé. Comme c'était étonnant de trouver ce petit bout d'hiver dans la chaleur suffocante de l'été !

Cette découverte eut un drôle d'effet sur moi, comme sur le mustang visiblement ; nous étions tous les deux comme enivrés, mais aussi simplement heureux d'être heureux... Nous avions connu tant de jours longs et fatigants depuis le début du voyage.

Soudain, je décidai de prendre un virage serré en sachant que le mustang m'imiterait parfaitement, ce qu'il fit tout en secouant sa crinière de plaisir. Je courus de plus belle, à longues foulées, le forçant à un trot rapide et saccadé.

C'est alors que je vis le serpent à sonnette, lové contre un rocher aux bords tranchants qui affleurait à la surface du sol. Mais je le vis un instant trop tard. Ma jambe droite était déjà en action, levée, mon genou gauche se tendant sous le poids de mon corps qui se déplaçait. Le serpent dressa la tête et fit vibrer les anneaux de sa queue, émettant un bruit semblable à de la vapeur soulevant le couvercle d'une marmite, un vilain sifflement.

Le temps se figea. Je savais que mon pied toucherait le sol à quelques millimètres de sa langue fourchue, et il n'y avait rien que je puisse faire. Mais soudain, sans avoir eu le temps de penser plus avant, je sentis le mustang contre moi. Le choc de son épaule me projeta à plusieurs pas de là et je me retrouvai, titubante et abasourdie, en sûreté. Je n'avais plus la longe dans les mains.

J'observai alors, terrifiée, le mustang se cabrer. Le crotale resserra les cercles de son corps et dressa la tête plus haut encore.

— Non ! m'écriai-je tout en essayant, en vain, de saisir la longe. Ne t'approche pas de lui !

Le mustang se cabra une nouvelle fois, et je dus faire un bond en arrière pour éviter ses sabots. Tout en hennissant, il se laissa retomber et martela la terre à quelques centimètres du reptile — qui se recroquevilla en se pressant contre le rocher. Il contracta encore les anneaux de son corps, mais redressa la tête. Il ne renoncerait pas, il se battrait. Je balayai d'un regard frénétique le sol autour de moi, à la recherche d'un bâton, d'une pierre, de quoi que ce soit qui puisse aider l'étalon.

Ce faisant, j'aperçus les chariots. Là, dans les reflets miroitants de la nappe de chaleur, quelqu'un avançait. Peut-être un des Kyler avait-il remarqué que quelque chose était suspect.

— À l'aide ! m'écriai-je aussitôt en agitant les deux mains au-dessus de ma tête.

Puis je me retournai vers le mustang. Il s'était de nouveau cabré, la tête rentrée sur son poitrail, à demi tournée pour garder un œil sur l'ennemi. Bien sûr, ses sabots pouvaient écraser le crotale sans aucune difficulté — mais ce dernier réussirait peut-être à planter ses crochets dans un de ses jarrets et à y injecter son venin avant de mourir. La roche contre laquelle il s'était réfugié était la même roche noire et coupante que l'on voyait depuis une semaine. Si le mustang manquait sa cible d'un seul centimètre...

— Pousse-toi !

De surprise, je pivotai sur mes talons pour découvrir Grover, le visage rougi d'avoir couru, le regard rivé sur le crotale.

— Recule, Katie !

Titubante, je m'écartai, mes yeux écarquillés ne pouvant quitter le mustang, tandis qu'il se laissait retomber à terre et reculait devant le serpent qui glissait maintenant vers lui en déroulant son corps petit à petit. Le mustang se dressa de nouveau, le reptile toujours plus près de lui. Grover leva le bras et je vis la pierre, en équilibre parfait dans sa main. Il la jeta.

L'étalon était encore dressé, ses sabots antérieurs prêts à frapper. Le projectile s'écrasa sur le crâne du crotale juste avant que le mustang se laisse retomber avec toute la force de son poids, plaquant le corps du serpent un instant avant de se cabrer de nouveau. Lorsqu'il retomba la seconde fois, c'est la tête du crotale qu'il visa, et qu'il frappa, fort.

Mais peu importait alors. Le serpent était déjà mort. La pierre jetée par Grover gisait à côté du corps inerte du reptile, comme si elle avait traversé les âges sans bouger, sans s'user, sans changer de couleur, comme toutes les pierres autour d'elle.

Je me tournai vers Grover. Je tremblais.

— Merci... réussis-je à murmurer.

J'avais le sentiment qu'il aurait fallu en dire davantage, mais mon esprit refusait tout simplement de fonctionner. Longtemps, mes yeux restèrent fixés sur le serpent, dont le corps était toujours parcouru de convulsions.

Grover pointa le menton vers le mustang.

— Tu ferais mieux de l'attraper, me fit-il.

Je levai les yeux et mon cœur bondit en voyant que l'étalon s'était éloigné, renâclant et piaffant toujours, la longe traînant par terre à ses pieds.

Son corps tressaillait de colère, pas de peur. Il avait les yeux écarquillés, furieux, et secouait rageusement sa crinière avant de se cabrer, puis de percuter le sol comme s'il revivait son duel pour se convaincre qu'il avait gagné.

— Il est mort, lui dis-je. Tu n'as plus à t'inquiéter.

Au son de ma voix, il se calma, puis redressa vivement la tête. Il m'observa tandis que je marchais vers lui. Je continuai de lui parler d'une voix paisible, lui disant combien il était fort et courageux et comment il m'avait sauvé la vie.

Il avança vers moi et je tendis le bras pour attraper la longe tandis qu'il pressait son nez contre ma joue en soufflant puissamment, en de longues respirations.

— Tout va bien, lui répétai-je.

Aussitôt, je me mordis la langue. J'avais encore radoté. Grover ne me laisserait plus jamais en paix.

— On ne peut pas dire, il te fait confiance.

Le ton de voix doux, presque aimable, me prit au dépourvu. Je me tournai vers Grover, m'attendant à découvrir un rictus sur son visage et à entendre aussitôt une méchanceté. Mais rien de tel ne se passa.

— Tu lui as sauvé la vie, murmurai-je alors. Je t'en remercie. S'il s'était fait mordre... S'il était mort...

Je ne parvins à finir aucune de mes deux phrases, mais de toute façon, Grover avait baissé la tête. Se retenait-il de rire ? J'étais presque sûre qu'il finirait par relever le menton, le visage barré d'un sourire mauvais, et qu'il commencerait à se moquer. Je ne lui en laissai pas le temps ; je voulais lui expliquer, je voulais qu'il comprenne.

— Le mustang est mon seul véritable ami, parvins-je à dire. Tu ris quand je lui parle, mais il écoute, Grover. Il écoute vraiment.

Je savais que mes paroles semblaient stupides, mais je savais aussi que je ne pouvais pas faire mieux, ni alors ni jamais. Je disais la vérité. Grover pourrait me ridiculiser autant qu'il le souhaiterait. Je lui serais toujours reconnaissante. Il avait sauvé la vie de mon meilleur ami.

Grover resta silencieux si longtemps que je m'attendais à le voir tourner les talons, écœuré, et repartir vers les chariots sans dire un mot. Je me pris à espérer qu'il le ferait, pour échapper à ses railleries.

— Je ne l'ai pas fait exprès, lança-t-il soudain.

Son ton était plat, douloureux. Il me fallut longtemps avant de saisir de quoi il parlait. Lui attendit de voir dans mes yeux que je l'avais compris.

— J'ai juste voulu faire peur à ce chat, reprit-il d'une voix peinée, à peine audible. Je n'ai jamais voulu le tuer. Tu leur as dit que c'était moi ? me demanda-t-il alors en soupirant.

— Non, lui répondis-je en secouant la tête. J'avais peur de te mettre en colère. J'avais peur que tu fasses mal au mustang.

— La dernière chose que je veux, c'est être cruel comme lui.

Ses yeux étaient brillants de larmes. Cette fois, je compris aussitôt. Il parlait de son père.

— Tu ne l'es pas. Tu ne le seras jamais.

Il me sourit, d'un sourire ténu, embarrassé, et qui disparut peu à peu. Mais il continua de me regarder.

— Andrew Kyler dit qu'on connaît le cœur d'une personne à la façon dont elle traite un cheval, et à la façon dont le cheval la traite, ajouta-t-il.

Ne sachant que répondre, je gardai le silence.

— Est-ce que je peux le caresser ?

Tout en raccourcissant la longe, j'opinai :

— Approche-toi doucement.

Grover avança et le mustang, sans bouger, le laissa faire. Une fois qu'il l'eut caressé, Grover recula, portant de nouveau sur son visage un petit sourire gêné.

Je regardai alors derrière lui et me souvins de la présence du bourbier. Je pointai le doigt dans sa direction :

— Regarde, lui dis-je. Il y a une pellicule de glace. Le sol est gelé.

Le visage de Grover se crispa ; il pensait que je cherchais à le provoquer. Il faisait facilement plus de quarante degrés, la chaleur déformait l'air.

— Je t'assure, me hâtai-je d'ajouter. C'est vrai. Viens voir.

Et je passai derrière lui avec le mustang. Il se tourna et nous suivit. Puis il se baissa, toucha l'eau, avant de lever des yeux rieurs :

— Personne ne va nous croire ! s'exclama-t-il.

Nous ramassâmes alors autant de glace que nous pouvions en porter et repartîmes à toutes jambes vers la colonne des chariots. À l'exception d'un ou deux glaçons, tout fondit en chemin. Mais cela suffit à convaincre la quasi-totalité du convoi de nous suivre. Tout le monde se rua sur cette eau froide, les mains en coupe, pour se désaltérer et se rafraîchir le visage.

Je n'avais jamais vu d'endroit plus étrange ; des événements inexpliqués s'y étaient produits. Il y avait de la glace sur l'eau à la fin du mois de juillet et Grover Heldon s'était transformé en un garçon triste qui n'était pas si méchant.

Chapitre 4

Une semaine après l'incident avec le serpent, le convoi entama la traversée du col de South Pass. J'avais imaginé trouver une gorge étroite ou une vallée encaissée et sinueuse surplombée de sommets déchiquetés. Je me trompais.

South Pass était large de plusieurs kilomètres. On avait l'impression qu'une main géante avait aplati la montagne, repoussant ses pics sur les côtés, comme une femme aplatit la terre dans son potager avant d'y planter des betteraves.

Nous étions entourés de sommets montagneux, mais lointains, et l'air s'était raréfié, parce que nous étions haut, disaient les gens.

Je m'en étais un peu doutée. J'étais plus vite essoufflée quand je courais avec le mustang pour rattraper les chariots et, la nuit, j'étais si épuisée que j'avais l'impression d'être tombée malade.

Maintenant que je n'avais plus peur de Grover, je commençai à remarquer qu'il était rarement avec ses parents. La plupart du temps, il aidait Andrew Kyler à s'occuper de son troupeau, ou bien les Taylor, avec les enfants desquels il comptait les tours de roue de leur chariot, ce qui nous permettait de calculer le nombre de kilomètres parcourus — ou bien il marchait seul.

— Aujourd'hui, nous quittons les États-Unis, annonça M. Taylor.

La pente vers le sommet de South Pass avait atteint son plateau et amorçait sa descente sur l'autre versant.

M. Kyler se frotta le menton :

— Est-ce qu'on a passé la ligne de partage des eaux ?

— Oui, lui répondit M. Taylor en hochant la tête. Le point le plus élevé est derrière nous.

Je me demandai un instant de quoi ils parlaient, mais je compris vite.

La ligne de partage des eaux correspondait à ce plateau qui séparait les rivières. Dans de nombreux endroits, elle prenait la forme d'une bande étroite de pics montagneux si hauts qu'ils perçaient les nuages. À South Pass, c'était un replat dont les pentes sur chaque versant étaient douces. Mais le résultat était le même qu'ailleurs : la pluie qui tombait sur le versant est s'écoulait vers l'est ; la pluie qui tombait sur le versant ouest alimentait les ruisseaux et les rivières qui coulaient à l'ouest.

Toutefois, ce phénomène n'intéressait personne dans notre convoi. L'important pour tout le monde était que cette ligne de partage des eaux constituait la frontière entre les États-Unis et la région de l'Oregon. Bien que nous ayons encore plus de mille cinq cents kilomètres à parcourir, nous étions dans l'Oregon. Ce soir-là, autour des feux de camp, les acclamations et les cris de joie fusèrent, nos voix s'élevant à l'unisson avec les flammes vers l'obscurité du ciel. Jamais je ne reverrais d'étoiles plus brillantes que celles que je vis ce soir-là dans les montagnes Rocheuses.

Après South Pass, les jours se remirent à défiler, difficiles à distinguer comme souvent durant notre voyage. Désormais, nous remplissions nos tonneaux avec l'eau froide et limpide des ruisseaux que nous rencontrions, et l'air que nous traversions était frais et sentait bon. Je n'avais jamais vu de montagne auparavant, ni aucune forêt couvrant des kilomètres et des kilomètres ; l'endroit tout entier était pour moi comme un royaume enchanté.

Puis nous arrivâmes près de la rivière Green. Il y avait là un service de bacs que nous utilisâmes, chaque chariot devant payer la somme inouïe de seize dollars ! C'était scandaleux — à ce prix, on pouvait acheter un bœuf —, mais la rivière était profonde, rocailleuse et rapide, et personne ne pensait qu'une vie valait moins de seize dollars. Nous avions tous trop entendu de récits de noyades dans la Green pour avoir essayé d'économiser.

Lorsque l'ensemble de notre convoi fut sur l'autre berge, nous entreprîmes de suivre les caravanes que nous voyions au loin devant nous, puis nous bifurquâmes un certain temps vers le sud-ouest et traversâmes des collines arides en direction de Fort Bridger. Je n'oublierai jamais cette partie de notre voyage, durant laquelle il se produisit un événement merveilleux. Chaque soir où ils en avaient le courage, Mlle Liddy et ses partenaires commencèrent à répéter.

La première fois, ils nous prirent tous au dépourvu. C'est le retentissement du rire de Mlle Liddy, puissant et franc comme celui d'un homme, qui nous fit nous retourner, Mme Kyler et moi. Mlle Liddy était allongée par terre, les bras en croix.

— Oh, mon Dieu, souffla Mme Kyler. J'espère qu'elle ne s'est pas fait mal.

— Elle rit, lui répondis-je en secouant la tête. Elle a dû trébucher ou...

Je m'arrêtai dans ma phrase en remarquant sa grosse jument baie, qui s'échappait — enfin, elle ne s'échappait pas vraiment. Elle galopait en cercle. Mlle Liddy se releva et épousseta son pantalon. Elle siffla et la jument ralentit, puis s'arrêta et lui fit face. Comme d'habitude, elle ne portait aucune pièce de harnais. Mlle Liddy fit un mouvement de la main droite et la jument revint au petit galop vers elle.

— Ça m'apprendra à ne pas m'entraîner régulièrement ! lança Mlle Liddy à ses partenaires.

Mme Kyler et moi avions presque fini de ranger la vaisselle du souper et nous restâmes là côte à côte, silencieuses, tandis que la jument baie dépassait Mlle Liddy et que cette dernière, tournant sur ses talons, s'élançait vers elle, courait un instant à ses côtés, puis d'un bond, sautait sur son dos.

Je clignai des yeux, me demandant comment elle avait fait. Elle était au sol, puis en un quart de seconde, à cheval, les genoux fléchis et formant une arête vive, ses pieds nus solidement plantés sur le large dos de la jument — debout.

La jument, elle, avait continué son galop lent et serré et tournait souplement dans un large cercle régulier. Mlle Liddy resta debout un long moment, puis se laissa tomber à califourchon, mais avec les jambes repliées vers l'arrière, de sorte qu'on l'aurait dite plus ou moins à genoux. Un instant après, elle se remit sur ses pieds, écarta largement des mains grandes ouvertes, et son corps se raidit. Soudain, elle fit un bond en arrière, effectua un saut périlleux à mi-course dans les airs, puis retomba à terre.

Des applaudissements se mirent à crépiter de tous côtés et je me rendis compte que nous n'étions pas les seules à regarder. Mlle Liddy salua majestueusement et lança à pleine voix :

— Un grand merci à tous ! Vous êtes tous

invités à la première représentation que nous donnerons à Oregon City. Toutes les erreurs, je les fais pendant les entraînements, bien entendu.

Tout le monde éclata de rire. Je tournai moi-même la tête vers Mme Kyler avec des yeux rieurs, puis regardai de nouveau Mlle Liddy, qui reprenait son numéro. J'étais bouche bée. C'était comme voir un aigle voler haut dans le ciel sans battre des ailes. Cela paraît impossible. Je n'avais jamais vu de spectacle plus merveilleux de ma vie.

Le lendemain soir, Mme Kyler et moi nous hâtâmes de finir nos corvées en jetant des coups d'œil réguliers vers les chariots de Mlle Liddy. Comme la veille, elle répéta son numéro sur la jument et s'entraîna au saut périlleux plusieurs fois, avant d'être relayée par M. Le Croix.

Lui ne fit pas de saut. Son numéro consistait en une succession de poses, à califourchon face à l'arrière, en amazone, le buste baissé pour ramasser une pierre par terre. Puis il s'allongea sur le flanc, comme pour dormir, tandis que la grosse jument baie au large dos continuait son galop souple et rythmé.

Cependant, Mlle Liddy avait rejoint M. Dillard et M. Swann. Les deux hommes avaient à la main d'étranges objets en forme de gourdins, dont je ne compris l'utilité que lorsqu'ils se mirent à les lancer.

— On appelle ça jongler, me dit Mme Kyler d'une voix feutrée, comme si elle craignait de les déconcentrer en parlant trop fort. Tu connaissais ?

Je fis non de la tête, avant de me rendre compte qu'elle avait les yeux toujours rivés sur M. Swann et M. Dillard, dont les gourdins en bois volaient de l'un à l'autre, plus vite, plus vite encore.

— Non, dis-je dans un souffle, stupéfaite.

Comment apprenait-on à faire de telles choses ? Qui diable avait bien pu les inventer ?

M. Swann changea de rythme, parfaitement imité par M. Dillard. Chacun se mit alors à lancer ses massues loin au-dessus de sa tête, ensuite à hauteur du buste, puis en ajoutant une virevolte avant de les rattraper. C'était magnifique, comme une danse. Entre-temps, M. Le Croix était descendu de cheval et s'approchait.

Soudain, M. Swann poussa un cri et jeta une des massues à M. Le Croix. En un tournemain, les trois hommes avaient formé un triangle et les bâtons se mirent à tourner de l'un à l'autre, de l'autre à l'un. Chacun ajoutait chaque fois sa marque particulière, en pirouettant, en rattrapant le bâton dans le dos, sans jamais en laisser tomber un.

Je poussai un long soupir, envahie par un sentiment que je n'avais jamais ressenti auparavant. Je ne voulais pas seulement observer toutes les merveilles que Mlle Liddy et ses amis étaient capables de réaliser, je voulais apprendre à les faire moi-même.

À compter de ce soir-là, je pris l'habitude de minuter mes corvées, me hâtant de tout ranger après le souper et prenant plus que ma part au début pour être sûre d'avoir terminé quand Mlle Liddy et ses partenaires commenceraient à répéter. Je n'étais pas la seule. Dès la deuxième semaine, la plupart des gens du convoi se dépêchaient, tout comme moi, de finir leur travail du soir. Les jours où la route avait été ardue ou le temps, mauvais, et que Mlle Liddy et ses partenaires décidaient de ne pas s'entraîner, le moral du campement entier s'en ressentait.

Un matin, juste avant notre arrivée à Fort Bridger, comme d'ordinaire, j'emmenai le mustang brouter de bonne heure. Automatiquement, mes pensées endormies tournant encore dans ma tête sans but précis, je me dirigeai vers l'arrière de la colonne des chariots. J'avais aperçu des touffes d'herbe grasse un peu plus haut sur le sentier. Je savais que j'aurais le temps de laisser paître l'étalon avant que les Kyler n'aient tout rangé et ne soient prêts à partir.

Tandis que nous passions devant le dernier chariot, la grosse jument baie de Mlle Liddy lança un hennissement, repris par le mustang. La réponse de ce dernier provoqua des couinements chez Midnight et Delia. Tout en caressant son encolure, je souris à l'étalon :

— Quelle popularité ! lui dis-je. Ces dames te trouvent magnifique.

Sur ce, il redressa la tête et avança de quelques pas en caracolant.

— Bonjour ! s'écria soudain Mlle Liddy. Tu vas lui chercher de l'herbe ?

— Oui, lui répondis-je sans m'approcher.

Puis je me rendis compte qu'une quinzaine de mètres nous séparaient sans raison. Depuis qu'ils s'étaient joints à nous, aucun cas de fièvre ne s'était déclaré ni dans son convoi ni dans le nôtre, et pourtant j'agissais encore comme si je devais garder mes distances.

En y réfléchissant, je me fis une autre remarque : personne dans le convoi n'agissait plus comme moi. J'étais la seule à continuer de me comporter comme s'il était dangereux de côtoyer Mlle Liddy et ses amis.

Mme Craggett, Mme Taylor et les jeunes épouses Kyler persistaient à ne leur adresser la parole que rarement — la mère de Polly comprise, car les autres lui avaient fait payer cher son amabilité du premier jour envers Mlle Liddy —, mais leur attitude n'avait rien à voir avec la peur de la fièvre.

Je fis quelques pas, suivie par le mustang.

— J'adore la façon dont vous montez à cheval. C'est magique, lançai-je.

Mlle Liddy me répondit par un sourire si large que le matin sembla s'illuminer avant même que le soleil soit levé.

— Merci, Katie ! s'écria-t-elle.

— Est-ce que c'est dur ? De loin, ça paraît infaisable, repris-je en m'approchant un peu plus pour qu'elle puisse parler moins fort.

— Je me souviens encore de la première fois où j'ai vu quelqu'un faire de la voltige, me dit-elle. J'étais aussi stupéfaite que toi.

Elle repoussa ses cheveux de son visage.

— Tu peux être sûre d'une chose : regarder, c'est bien, mais le faire, il n'y a rien de mieux.

— Est-ce que vous m'apprendriez ?

Les mots sortirent de ma bouche avant que je sache que je poserais la question.

Mlle Liddy fronça les sourcils et mon cœur chavira.

— Je sais que ce serait un poids, ajoutai-je rapidement. Les choses étant ce qu'elles sont, on a déjà tous du mal à dormir assez, sans compter que, d'après ce que j'entends, le pire reste à venir...

— Non, ce n'est pas ça, m'interrompit-elle en levant une main pour me faire taire. C'est que c'est dangereux, c'est tout, et je ne vois pas bien pourquoi tu voudrais prendre des risques. Tu finiras certainement par vivre dans une ferme avec ton oncle ou avec les Kyler et la voltige sera la dernière des choses dont tu auras besoin.

J'eus beau chercher, je ne trouvai rien à répondre.

— Ça m'est égal, lui dis-je enfin. Je veux apprendre, c'est tout.

Elle prit le temps de réfléchir à ma réponse, puis pointa l'index vers le mustang :

— Avec lui ? me demanda-t-elle.

J'étais si stupéfaite que j'en fus réduite au silence : pas une seconde, je n'avais pensé à monter le mustang.

— Non, finis-je par lui répondre avec calme. Non, pas avec lui.

Mlle Liddy pencha la tête sur le côté. Je pris une longue inspiration, pour combattre le curieux flot de sentiments qui bouillonnait en moi.

— Je ne pense pas qu'il accepterait, repris-je.

— As-tu peur qu'il ne te laisse pas faire ? me demanda-t-elle d'une voix plus douce.

J'opinai. Je n'étais jamais parvenue à mettre un mot sur ce que je ressentais, mais elle avait raison. J'avais peur. Et s'il essayait de me désarçonner ? Et s'il se dérobait et tentait de s'échapper ? Il me faisait confiance. Nous étions amis, mais tout risquerait de changer si j'essayais de le monter.

— D'accord, reprit Mlle Liddy, ça te regarde. Est-ce que tu arriverais à finir tes corvées une demi-heure plus tôt ?

Il me fallut quelques secondes avant de saisir ce qu'elle venait de me dire. Mais très vite, je secouai la tête de haut en bas, si fort que je sentis mes cheveux se balancer sur ma nuque.

Mlle Liddy sourit :

— Donne-moi quelques jours. Je te ferai savoir quand on pourra commencer.

Chapitre 5

Fort Bridger se trouvait au centre d'une oasis d'arbres et de ruisseaux. Il y avait là vingt tipis, des tentes en cuir en forme de grands entonnoirs. Des Indiennes y vivaient avec leurs maris trappeurs, avait dit M. Kyler.

Il y avait des enfants partout, qui couraient et riaient ou travaillaient, absorbés, le visage fermé. Je vis un garçon, qui n'avait pas plus de cinq ans, occupé à gratter les poils de ce qui ressemblait à des peaux de daim.

Les femmes étaient aussi prises par les corvées que nous, du matin au soir. Une fois, alors que j'étais au ruisseau, agenouillée, en train de laver les assiettes à grande eau, je vis une Indienne un peu en amont de moi. Une lourde marmite en fer dans les bras, elle attendit poliment que j'aie fini pour ne pas souiller l'eau. Ses yeux étaient gais et un beau sourire éclairait son visage. J'essayai de lui parler. Elle me répondit, mais dans sa propre langue. Il nous fallut nous contenter d'échanger des signes amicaux.

Mme Kyler offrit à chacune de ses petites-filles des chaussures souples en peau que les Indiennes avaient fabriquées. Elle m'en acheta une paire aussi. Son geste me toucha tant que j'en pleurai et elle me prit dans ses bras.

Tout le monde se reposa une journée ou deux à Fort Bridger — les convois de mormons qui nous précédaient et nous suivaient campèrent non loin de nous. Mais lorsque nous reprîmes la route en direction du nord-ouest, eux se rassemblèrent pour ne former qu'une seule et longue caravane qui se dirigea vers le sud.

Nous leur fîmes au revoir de la main. Je me demandais à quoi la ville qu'ils voulaient bâtir ressemblerait, si elle serait située dans une région verte et boisée, ou bien aride et rocheuse, semblable à celles que nous avions si souvent rencontrées avant Fort Bridger. J'espérais pour leur bien que le lac salé vers lequel ils obliquaient n'avait pas fait mourir tous les arbres.

Le premier jour de notre séjour, j'étais allée demander au magasin principal du fort s'il y avait des lettres. Quelques-unes avaient été jetées pêle-mêle dans une boîte à biscuits. Je n'y vis aucune que j'avais écrite et j'en fus soulagée. Mais je n'y vis pas non plus de réponse de mon oncle Jack, qui aurait attendu là d'être transportée vers l'est.

Cette découverte me rendit triste. Mais peut-être avait-il envoyé un courrier deux ans plus tôt, qui ne m'était jamais parvenu. Cela arrivait tout le temps, je le savais.

Cette pensée aidant, une fois le soir venu, je cessai donc de me lamenter et finis mes corvées de bonne heure, pour le cas où Mlle Liddy voudrait me faire commencer l'entraînement — en vain. Elle et ses trois partenaires étaient agenouillés devant la roue d'un de leurs chariots. Le lendemain matin, je les vis parler au menuisier du fort. Aux alentours de midi, M. Le Croix et M. Dillard revinrent au campement avec un nouvel essieu.

Ce jour-là, je passai un long moment à brosser le mustang, qui se tenait près de Delia et Midnight juste à l'extérieur du troupeau d'Andrew Kyler. Lorsque j'eus terminé, je glissai mes mains sous sa lourde crinière et pressai mes paumes contre la chaleur de sa robe.

Je gardai les yeux rivés sur Mlle Liddy et ses trois partenaires qui remplaçaient l'essieu. J'avais peur et, au début, je pensai que j'étais juste angoissée à l'idée de faire de la voltige. Peut-être tomberais-je tant de fois que je serais forcée d'abandonner. Ce serait embarrassant.

Mais la question n'était pas là, me dis-je en quittant le mustang le soir pour aller m'allonger sur ma paillasse sous le chariot des Kyler. Je me demandais si je retrouverais mon oncle Jack. Et si je ne le retrouvais pas ?

Le soir qui suivit notre départ de Fort Bridger, nous installâmes notre campement dans une vaste clairière où nous avions trouvé de l'herbe et un ruisseau. En descendant de son chariot, Mlle Liddy me fit un signe de la tête accompagné d'un geste de la main. Je laissai le mustang en compagnie des juments et du troupeau d'Andrew Kyler et, après le souper, j'effectuai à la galopade mon travail de rangement.

— Tu es pressée ? me demanda Mme Kyler avec un sourire.

J'opinai de la tête, puis je réfléchis avant de répondre, si longtemps que j'en rougis. Je ne voulais pas le lui dire. Et si elle tentait de me retenir ? C'était dangereux ; cela se voyait clairement.

— Mlle Liddy m'a promis... hasardai-je avant d'abandonner.

Mme Kyler me regardait avec attention :

— T'a promis quoi ?

Mon visage s'empourpra de plus belle et je ne pus faire sortir aucun autre mot de ma bouche. C'était ridicule — tout le campement le saurait. Il suffirait de *regarder*.

Tout en faisant un vague geste dans la direction des chariots de Mlle Liddy, j'inspirai profondément et je me lançai enfin :

— Elle m'a dit qu'elle m'apprendrait, soufflai-je alors.

Les yeux de Mme Kyler s'écarquillèrent :

— À monter comme elle ?

Je fis oui de la tête, m'attendant à ce qu'elle aille aussitôt chercher M. Kyler pour qu'il m'interdise de le faire. Mais non. Au contraire, elle me regarda avec une sorte de nostalgie dans les yeux.

— Si j'étais encore légère, jeune et gracieuse...

Elle me sourit :

— Oh, je suis jalouse ! Vraiment ! Tout le monde le sera. Comment diable as-tu réussi à la convaincre ?

Mon visage s'éclaircit de soulagement. Puis je haussai les épaules :

— On parlait et je lui ai posé la question, c'est tout.

— Je me rappelle le premier jour, reprit Mme Kyler en hochant la tête, quand vous vous êtes parlé toutes les deux et que vous avez découvert que vous aviez l'une et l'autre perdu vos parents.

J'avais oublié, mais Mme Kyler avait raison. Peut-être était-ce pour cela que Mlle Liddy avait accepté.

— J'espérais que, une fois la crainte de la fièvre passée, elle et toi pourriez devenir amies, poursuivit Mme Kyler. Vas-y, je vais finir de ranger moi-même.

— Je pensais que vous essaieriez de m'en dissuader ! lui dis-je en jetant mes bras autour d'elle pour l'étreindre.

— M. Kyler, lui, le fera, mais on tâchera de l'amadouer, me répondit-elle.

Je lui souris de nouveau, puis rejoignis à toutes jambes le chariot de Mlle Liddy. Elle et ses compagnons bivouaquaient un peu à l'écart de notre campement, comme ils en avaient pris l'habitude depuis qu'ils avaient commencé leur entraînement. La jument avait besoin d'espace pour ses cercles au galop.

— Tu es prête ? me demanda Mlle Liddy en me voyant arriver.

— Oui, madame, lui répondis-je en redressant le buste.

— Avant de commencer, tu dois faire connaissance avec Geneviève.

— Geneviève ? m'exclamai-je en m'efforçant de répéter le nom correctement. Est-ce que c'est comme cela que la jument s'appelle ?

— Oui, me répondit-elle en souriant. C'est un vieux prénom, d'origine française, d'après ce qu'on m'a dit. L'homme qui l'a élevée connaissait toutes sortes de choses sur le dressage des chevaux.

Sur ce, elle me fit signe de passer devant elle. Je me dirigeai alors vers la corde à laquelle étaient attachés leurs chevaux. Tous broutaient paisiblement.

Geneviève était tellement plus grande que les autres que c'en était étrange, comme si on avait placé un vrai cheval à côté de petits chevaux en bois. Plus je m'approchais, plus elle me paraissait imposante. Lorsque je m'arrêtai enfin devant elle, je baissai les yeux vers ses sabots. Ils étaient aussi gros que les moules à tarte de Mme Kyler.

— C'est une belle bête, commenta Mlle Liddy.

Son ton était si flegmatique et ironique que j'éclatai de rire.

— Geneviève est la créature la plus douce qui ait jamais foulé cette terre, ajouta-t-elle. Elle préférerait se blesser plutôt que de m'écraser — ou de t'écraser. C'est donc à toi de la protéger pour qu'elle ne se fasse pas mal. Bon, tu es prête à travailler ?

J'opinai avant de me rendre compte qu'elle parlait à sa jument, pas à moi.

Nous nous éloignâmes un peu de leur campement, Geneviève suivant Mlle Liddy comme elle le faisait toujours, sans aucune pièce de harnachement sur elle. Lorsque nous eûmes trouvé un endroit assez plat, Mlle Liddy s'arrêta.

— Ça ira, dit-elle. Est-ce que tu as déjà appris à monter ?

— Jamais comme vous le faites, répondis-je timidement.

Elle éclata de rire, de son rire puissant et masculin, et soudain, je me sentis toute penaude. J'étais habituée à la voir parader en pantalon, de loin, mais elle était si différente de toutes les femmes que j'avais rencontrées qu'ainsi, de près, elle me mettait mal à l'aise.

Elle me sourit et s'excusa d'avoir ri :

— Ce que je voulais savoir, c'est si tu es déjà montée sur un cheval, point.

Je hochai la tête de haut en bas, puis aussitôt, de droite à gauche.

— Quand j'étais toute petite, mon père m'asseyait parfois sur les chevaux de trait ou derrière lui sur son cheval de selle.

— Jamais seule ?

— Quelquefois, dans le pré. Je n'avais que six ans quand...

— Et après ton arrivée chez ce couple de fermiers, tu n'es jamais remontée, c'est ça ?

Je la dévisageai, totalement prise au dépourvu. Je suppose que l'expression de mon visage changea, car de nouveau, elle s'excusa.

— Mme Kyler m'a parlé un peu de toi. Et de la méchanceté de ces gens. C'est ton ami Hiram qui lui a raconté.

Je hochai la tête tout en me demandant pourquoi cela me dérangeait tant de découvrir qu'Hiram avait parlé des Stevens aux Kyler.

— Est-ce que ça va ? reprit Mlle Liddy. Je ne voulais pas te contrarier.

— Oui, oui, lui répondis-je, bien que ce ne soit pas vraiment le cas.

— On va commencer au pas, pour voir comment tu réagis.

Sur ce, elle alla se mettre contre le flanc de la jument. Elle se pencha, face à moi, les mains jointes.

— Pied gauche, me dit-elle alors. Sers-toi de mes mains comme d'un étrier. Je vais t'aider à te hisser. Après, tu passes la jambe de l'autre côté. Tu peux t'accrocher à sa crinière ; ça ne la dérangera pas. En fait, rien de ce que tu feras ne la dérangera. C'est à moi qu'elle obéit.

Je respirai profondément, plaçai mon pied dans les mains de Mlle Liddy, et levai le bras pour attraper une touffe de crins. J'avais peur de tomber, mais j'arrivai en haut sans encombre. Je balançai ma jambe par-dessus le dos de la jument et me retrouvai à califourchon, avec l'impression d'être assise sur le toit d'une grange. Cette jument était vraiment haute, et son dos, vraiment large.

C'est alors que j'entendis une petite salve d'acclamations en provenance des chariots. Je me tournai pour regarder. Tout le monde m'observait. J'aperçus Grover qui me souriait. Encore plus nerveuse, j'empoignai la crinière des deux mains.

— En cercle, Geneviève, dit Mlle Liddy.

Le corps de la jument s'ébranla, puis se mit à osciller avec régularité une fois qu'elle eut trouvé sa foulée.

— Les chevaux de voltige sont dressés à garder toujours le même rythme et à ne jamais changer d'axe, quoi qu'il arrive, m'expliqua Mlle Liddy. S'ils ralentissaient ou déviaient de leur trajectoire, le cavalier se retrouverait par terre au beau milieu d'une figure. Alors tu n'as aucune raison de t'inquiéter, même si tu te sens un peu ballottée.

Je restai donc sans bouger, tout en essayant de redresser les épaules et de relever le menton comme j'avais vu Mlle Liddy le faire.

— Relève la tête, mais baisse les épaules,

ne les pousse pas en arrière, me conseilla-t-elle d'une voix calme.

Je m'exécutai et ressentis aussitôt le changement dans ma posture. Je me rendis compte aussi que cela m'aidait à garder mon équilibre.

— Ça te va très bien, me lança Mlle Liddy.

Je me sentis rougir de plaisir.

— Maintenant, lâche la crinière, reprit-elle. Écarte les bras. Elle va rester au pas. Elle a déjà travaillé avec des débutants ; elle sait que tu as besoin de son aide.

Je levai les bras et, les paumes des mains vers le bas, laissai mes doigts s'incurver délicatement.

Mlle Liddy fit un signe de tête appréciateur :

— Je vois que tu as observé avec attention. C'est bien.

Je rougis de nouveau et baissai les épaules. Il y avait quelque chose de magique à être assise tout en haut de cette jument si grande et si douce. Il me tardait de pouvoir me tenir debout sur son dos, les bras tendus, à la stupéfaction de tous.

— Tête haute, m'ordonna Mlle Liddy.

Je relevai le menton. Je voulais avoir l'air aussi gracieuse qu'elle et avoir le sentiment de pouvoir enchanter les gens. Je me concentrai, écoutant chacun des mots que Mlle Liddy prononçait et suivant chaque mouvement de la jument avec la plus grande attention. Épaules basses, tête haute, regard fixé droit devant. C'était *merveilleux*.

Chapitre 6

La route, durant les deux semaines qui suivirent, fut rude et je n'eus l'occasion de monter Geneviève que deux fois — nous étions tous si fatigués le soir que nous n'étions plus bons à grand-chose.

Nous étions passés par des endroits pénibles, telle cette colline dont la descente était si raide que tous les hommes avaient dû s'aligner derrière les chariots, en tirant de toutes leurs forces sur une corde pour les retenir et les empêcher d'aller s'écraser en contrebas. Chaque fois, ils avaient dû remonter et recommencer avec l'attelage suivant. Cette pente était si escarpée qu'elle en était effrayante. M. Taylor nous apprit qu'elle s'appelait Grande Colline, tout simplement. Si on m'avait demandé mon avis, je lui aurais donné un nom bien plus redoutable.

Un matin, nous découvrîmes un paysage dont je sus instantanément que je ne l'oublierais jamais. Il se composait d'une bande longue et étroite de roches fumantes — du moins, c'est ce qu'il y paraissait de loin. En nous approchant, nous sentîmes une odeur de soufre et de phosphore et vîmes des jets d'eau qui jaillissaient de terre.

Le sol sous mes pieds était chaud par endroits et dissimulé sous un nuage de vapeur qui flottait comme une nappe de brume enchantée. Certains d'entre nous allèrent chercher de cette eau minérale avec leurs seaux et leurs récipients pour que nous puissions tous la goûter — ils voulaient simplement s'assurer qu'elle était bien réelle, je suppose. Qui aurait jamais imaginé l'existence sur terre d'un lieu où le sol crachait de l'eau ?

Lorsque nous arrivâmes enfin près de Fort Hall, nous étions tous usés et épuisés. En fait, il me semblait que nous étions tous toujours fatigués. L'abattement général avait même rattrapé les petites-filles Kyler. Il leur arrivait rarement désormais de gambader et de plaisanter, le soir, ou à quelque moment que ce soit de la journée.

Fort Hall n'avait pas grand-chose à offrir comparé aux autres forts que nous avions vus, mais c'était un endroit paisible où nous pûmes nous reposer en ayant le sentiment d'être un peu plus en sécurité que lorsque nous étions seuls. Nous avions fait tant de route sans guide, et nous rencontrions de moins en moins de gens sur la piste, voire aucun. C'est autour des forts que nous les retrouvions ; en général, les convois y séjournaient plusieurs jours. Fort Hall ne fit pas exception, et ce fut un réconfort.

Je profitai de cette étape pour demander à toutes les personnes que je rencontrais si elles connaissaient mon oncle. Aucune n'en avait entendu parler. Je m'efforçai de ne pas me laisser gagner par l'angoisse.

— Tu veux t'entraîner ? me demanda Mlle Liddy le deuxième soir.

— Oh, oui ! m'écriai-je.

— Je vais finir de nettoyer, me dit Mme Kyler avec un clin d'œil. Tu te rattraperas demain matin avec la vaisselle du petit déjeuner.

Je tendis le bras et nous conclûmes notre marché par une poignée de mains. Puis je courus vérifier à toutes jambes que le mustang allait bien et je rejoignis le chariot de Mlle Liddy.

Ce serait la première fois que je m'entraînerais devant des étrangers. J'étais montée sur Geneviève depuis cinq minutes à peine lorsque je remarquai Grover, assis un peu à l'écart, en train de m'observer. Quelques instants plus tard, je me rendis compte que trois ou quatre garçons, que je n'avais jamais vus auparavant, l'avaient rejoint.

— Je vais lui demander de galoper, me dit soudain Mlle Liddy.

— Je ne suis pas sûre d'être prête, hasardai-je.

Mais Mlle Liddy, sans prêter attention à ma remarque, s'adressa calmement à la jument. Soudain, le corps de Geneviève se souleva sous moi, et d'un bond, les antérieurs levés, elle passa au galop. J'empoignai sa crinière des deux mains et m'efforçai de rester assise aussi droite que possible.

— Essaie de suivre le rythme de ses foulées, me rappela Mlle Liddy. C'est comme un cheval à bascule, enfin presque.

Je souris à sa remarque, mais au bout de quelques minutes, je compris que ce n'était pas une plaisanterie. Désormais, à chaque foulée, les antérieurs de la jument montaient, très haut, puis plongeaient vers le bas.

— Lève la tête, me répéta Mlle Liddy tandis que Geneviève continuait ses cercles avec le plus de souplesse possible dans son galop.

Je relevai le menton et lâchai la crinière de la jument d'une main. Mlle Liddy remarqua mon geste :

— Bien. Lâche la deuxième main quand tu le pourras. Après, lève les bras.

J'aurais voulu dire à nouveau que je n'étais pas prête, mais je me retins. Je me retenais aussi de regarder par terre ou de penser à la distance que je parcourrais si je venais à perdre mon équilibre et à tomber.

— Respire, reprit Mlle Liddy. Elle t'aime bien. Elle te fait confiance maintenant. Tu peux te décontracter et lever les bras.

Je lâchai entièrement la crinière de la jument et laissai mes bras se lever. J'avais un peu peur, mais quelle formidable sensation ! Je m'étais déjà habituée à cette position au pas et la différence n'était vraiment pas très grande.

— Parfait ! s'écria Mlle Liddy.

Je sentis mes joues s'empourprer.

— Deux cercles de plus, Katie, ajouta-t-elle. Après, je lui demanderai de s'arrêter devant moi.

— D'accord, lui répondis-je sans tourner la tête.

— Attention ! Quand je lui donnerai l'ordre, elle tournera pour venir vers le centre du cercle, puis ses postérieurs glisseront sous elle et elle s'arrêtera net, sans repasser au trot.

Je me calai bien tout en me concentrant sur ma posture pour qu'elle reste correcte jusqu'à la fin. Lorsque Mlle Liddy appela Geneviève et que cette dernière tourna, j'inclinai le buste dans le même sens, avant de cambrer le dos lorsqu'elle raidit ses antérieurs. Quand son corps plongea en avant pour l'arrêt complet, je me penchai comme elle, juste assez pour garder mon équilibre. Mes bras étaient toujours levés et je gardai la tête haute, comme j'avais vu Mlle Liddy le faire.

Aussitôt, Grover se dressa et m'applaudit. Les autres garçons, que, pourtant, je ne connaissais pas, me saluèrent par des acclamations. M. Le Croix, M. Dillard et M. Swann, un grand sourire aux lèvres, lancèrent des cris de joie. J'entendis aussi un sifflement provenant de l'autre bout du campement et j'aperçus Mme Kyler, qui me faisait de grands signes de la main ; derrière elle, j'avisai un groupe de personnes appartenant à un autre convoi. Visiblement, elles se rendaient au fort et s'étaient arrêtées pour regarder.

Je ne sais trop pourquoi, toutes ces réactions eurent un merveilleux effet sur moi. Mes yeux s'emplirent de larmes et je rougis, mais je balançai ma jambe droite par-dessus le garrot de Geneviève et me laissai glisser à terre le long de son flanc comme le faisait parfois Mlle Liddy — dos à elle, tête haute, et bras tendus pour l'équilibre.

Geneviève baissa la tête et je me hissai sur la pointe des pieds pour caresser sa puissante mâchoire. Mlle Liddy souriait de toutes ses dents.

— Tu es douée, naturellement. C'est ce que je pensais et ça se vérifie.

Sur ce, elle leva les yeux pour regarder ses compagnons derrière moi :

— Si l'un de vous a encore une once d'énergie, un peu d'argent pour le voyage serait le bienvenu, leur dit-elle en montrant de la main la foule qui s'était assemblée.

Les trois hommes sautèrent du siège de leur chariot et allèrent chercher leurs massues en bois.

Quel spectacle de les voir jongler — mais jongler vraiment, sans se limiter à leurs exercices d'entraînement. Les massues étaient lourdes, et pourtant, ils les envoyaient loin au-dessus de leur tête, encore et encore, le mouvement de leurs mains trop rapide pour qu'on puisse le détailler.

Ils formèrent ensuite un triangle et se lancèrent les massues selon une grille complexe qui ne cessait de se modifier. À un moment donné, M. Le Croix se retrouva avec tous ces gourdins de bois à la fois sous les bras et dans chaque main. Il se figea, fit une grimace, et tout le monde éclata de rire. Puis il commença à les renvoyer. M. Dillard et M. Swann, les réceptionnant sans aucun raté, entrèrent de nouveau dans la danse et le triangle rythmé reprit.

— On dirait des magiciens, murmura Grover.

Sans détourner le regard du spectacle, je hochai la tête.

Lorsqu'ils eurent terminé, les applaudissements redoublèrent d'intensité et je me rendis compte que la foule avait grossi — il y avait deux cents personnes au moins.

Mlle Liddy s'avança avec Geneviève à ses côtés. Les gens étaient stupéfaits de voir cette énorme jument si obéissante, si bien dressée, sans bride ni lien sur elle. D'un bond, Mlle Liddy sauta sur son dos, où elle s'assit à califourchon, les bras étendus. Puis, au son d'une musique que seules elle et Geneviève entendaient, elles commencèrent leur numéro. Avec quelle grâce Mlle Liddy se mit debout, les bras à l'horizontale, tandis que la jument galopait ! Au bout d'un moment, elle se laissa retomber, balança une jambe par-dessus le garrot de Geneviève et se mit en amazone. J'écarquillai les yeux. Comment trouvait-on son équilibre pour chevaucher dans cette position sans selle ?

Juste après, Mlle Liddy se remit à califourchon, mais face à l'arrière, puis se baissa pour ramasser une pierre par terre avant de la lancer en l'air. M. Le Croix la rattrapa pour la lui renvoyer aussitôt. Une fois la pierre à la main, Mlle Liddy se remit debout. Soudain, son corps se souleva et elle effectua un saut périlleux en l'air, avant de retomber sur ses pieds.

Les gens hurlèrent, applaudirent et firent un tel vacarme que d'autres personnes restées à l'intérieur du fort finirent par venir voir ce qui se passait.

Alors que les acclamations se calmaient, le ton monta entre M. Le Croix et M. Dillard, et bientôt, tous deux hurlèrent en s'invectivant mutuellement. Mon estomac se serra, jusqu'à ce que je voie un sourire sur les lèvres de Mlle Liddy. Agissant à s'y méprendre comme deux hommes prêts à se battre, M. Dillard et M. Le Croix tournaient l'un autour de l'autre. La foule était bouche bée.

Soudain, M. Le Croix leva le bras et ajusta le poing — mais, comme emportés par son mouvement, ses pieds se décollèrent de terre et il se mit à pivoter sur lui-même. La foule retint son souffle, puis j'entendis quelques hommes pouffer. M. Swann accourait en levant haut les genoux et en faisant de grands moulinets des bras. Une fois près de M. Le Croix, il se pencha et l'attrapa par les épaules, l'arrêtant net dans ses pirouettes. M. Le Croix se tourna vers lui, souleva son chapeau comme pour le remercier, puis solennellement, lui tendit le bras pour lui serrer la main. Dès que M. Swann lui eut donné la sienne, M. Le Croix fit un pas en avant et, je ne sais comment, souleva de terre M. Swann qui, pourtant, était beaucoup plus grand que lui, et le lança par-dessus son épaule comme si de rien n'était.

La foule poussa de grands cris tandis que M. Swann se relevait et époussetait ses vêtements, le regard mauvais. La fausse bagarre se poursuivit, les deux hommes exagérant leurs mouvements et feignant d'être déséquilibrés par de simples petites tapes. Les gens riaient tellement qu'un nombre toujours plus grand de personnes sortit du fort.

Comme un taureau enragé, M. Le Croix fonça alors sur M. Dillard. Au dernier moment, celui-ci se baissa et M. Le Croix sauta sur ses épaules. Ce faisant, il porta un doigt à ses lèvres pour demander à la foule de ne pas prévenir M. Dillard qu'il était sur son dos. Ce dernier fit semblant de ne pas comprendre et chercha M. Le Croix à la ronde. La foule rit aux éclats si longtemps et si fort que je pensai qu'elle ne s'arrêterait jamais.

Finalement, le soleil couchant fit rosir le ciel et Mlle Liddy et ses compagnons se mirent en rang pour saluer. Avant que les applaudissements ne se taisent complètement, ils s'avancèrent vers la foule, chacun son chapeau renversé à la main pour que les spectateurs puissent y déposer quelques pièces.

Je rejoignis alors Mme Kyler au campement tout en écoutant en route les gens plaisanter et parler. Mlle Liddy et ses amis avaient redonné de la joie de vivre à des gens tristes et épuisés.

Une fois de retour au chariot, je prévins Mme Kyler de ma présence, puis m'empressai de rejoindre le troupeau, où je trouvai le mustang un peu à l'écart comme à l'ordinaire, mais paisible et en compagnie de Midnight et Delia. Je l'embrassai, puis lui racontai mon expérience avec Geneviève.

— Tu as entendu les gens applaudir ? La première fois ? lui demandai-je. Ça s'adressait à moi.

— Katie ?

La voix de Grover me fit sursauter. Je pivotai sur mes talons, me demandant s'il se moquerait de moi. Il ne l'avait pas fait depuis longtemps, mais il faut reconnaître que cela devait être étrange de m'entendre raconter des histoires à ce cheval comme s'il avait été un être humain.

— Katie, est-ce que tu crois qu'ils m'apprendraient à moi aussi ?

— À faire de la voltige ? lui demandai-je interloquée.

— Oui, enfin, peu importe, me répondit-il en hochant la tête. J'aimerais passer du temps avec eux, c'est tout.

Il me fallut quelques instants avant de comprendre ce qu'il voulait dire.

— Mais, et ta famille... commençai-je.

— Je sais, m'interrompit-il. Ma mère est souvent malade maintenant. Elle a besoin de mon aide.

Il leva les yeux vers moi :

— Et mon père ne me laisserait jamais y aller de toute façon, ajouta-t-il. Jamais.

Je n'avais aucune idée de la réponse à faire, mais il semblait si triste que je lui posai la main sur le bras.

— Je vais demander à Mlle Liddy.

Il prit un air si reconnaissant que j'en fus gênée.

— Grover, je ne sais pas ce qu'ils diront, mais je leur poserai la question, je te le promets.

Il me remercia, puis s'enfuit en courant. Je restai un long moment avec le mustang, à souhaiter une vie moins dure pour Grover, pour moi, pour chacun d'entre nous.

Le lendemain, je demandai à Mlle Liddy s'il serait possible que ses compagnons donnent des leçons à Grover comme elle le faisait avec moi.

— Il peut leur demander lui-même, Katie, me répondit-elle calmement. Je ne peux pas répondre à leur place. Mais personnellement, je ne le ferai pas monter sur Geneviève. Dis-lui que j'en suis désolée, mais autant pour elle que pour moi, un élève, c'est plus qu'assez.

Je fis part de sa réponse à Grover le soir même et il baissa la tête.

— Elle n'a pas dit non, insistai-je. Tu dois leur poser la question toi-même, c'est tout.

Il opina, mais je me demandai s'il le ferait. Il était timide, surtout avec les adultes. Je l'avais vu parler quelquefois à Mme Kyler, mais elle était presque la seule à laquelle il s'adressait.

Nous quittâmes Fort Hall pour de nouvelles étendues d'armoise desséchées par le sel. Le sol était plus rocailleux que tous ceux que nous avions traversés jusqu'alors, jonché de pierres noires déchiquetées qui m'entaillaient les pieds. Je pris donc l'habitude de porter les chaussures en cuir que Mme Kyler avait achetées aux Indiens.

Je n'en avais jamais eu de meilleures ; elles étaient suffisamment souples pour que je sente le sol sous mes pieds, mais suffisamment résistantes aussi pour atténuer le tranchant des pierres.

Les jours étaient chauds et poussiéreux. Je m'entraînais sur Geneviève le soir, chaque fois que Mlle Liddy me le permettait. Peu à peu, je faisais des progrès et tenais de mieux en mieux cette posture droite qui la rendait, elle, si belle.

Nous passâmes de nouveaux cours d'eau, aucun assez important pour être dangereux, heureusement. J'avais entendu les hommes parler de la rivière Columbia, qu'il nous faudrait, selon eux, franchir d'une façon ou d'une autre vers la fin du voyage. Ils l'avaient comparée au Missouri : elle avait la même taille, mais un cours plus impétueux, avec des courants circulaires que seuls des canoës indiens aidaient à affronter ; il n'y avait pas de bac. Je m'efforçais de ne pas y penser.

Un jour, après avoir traversé à gué une rivière — dont personne ne semblait connaître le nom —, nous croisâmes un chemin de traverse, fait de deux simples sillons parallèles et peu profonds qui se dirigeaient vers le sud, vers la Californie. Comparé à la piste sur laquelle nous nous trouvions, ce sentier était à peine visible. Mais je remarquai qu'il attira l'attention de M. Silas.

Les bœufs continuaient d'avancer lentement dans la chaleur de ce milieu d'après-midi lorsque, en me retournant, j'avisai un convoi au niveau de ce chemin de traverse que nous avions passé plus tôt. Certains des chariots l'avaient emprunté. Ils allaient vers le sud-ouest, et ils devaient être nombreux, car ils soulevaient un gros nuage de poussière.

Je n'avais jamais rencontré personne qui avait décidé de se rendre en Californie et je ne savais pas vraiment ce qui leur avait fait choisir cette destination à la place de l'Oregon. Il devait y avoir une raison.

Soudain, je repensai à mon oncle Jack. Peut-être lui-même avait-il bifurqué en cours de route. Peut-être était-ce en Californie que sa famille se trouvait — à des centaines de kilomètres au sud de l'endroit où je me rendais. Était-il possible qu'il y soit allé pour s'enrôler dans les troupes qui menaient la guerre ?

Cette idée me donna la chair de poule. Je ne pensais pas qu'il aurait pris une telle décision sans prévenir ma mère, mais je devais en admettre la possibilité. Cela expliquerait le renvoi de ma lettre à Fort Laramie.

Mes yeux s'emplirent de larmes. Mais qu'est-ce que j'étais censée faire ? Comment étais-je censée le retrouver ? Je ralentis le pas et me cachai derrière le mustang pour que personne ne me voie.

J'avais été si sûre que je retrouverais mon oncle Jack dans l'Oregon, et je pensais toujours que je le pourrais. Mais, à vrai dire, avant de quitter l'Iowa, je n'avais aucune idée de l'étendue de ce territoire — et je n'avais jamais imaginé, pas une seule fois, à quel point le voyage serait long et difficile.

Il y avait une énorme différence entre l'anticipation de trois mille cinq cents kilomètres de route et la marche effective, jour après jour.

Comme à son habitude, le mustang, m'entendant renifler pour ne pas pleurer, se tourna vers moi plusieurs fois et m'effleura doucement le visage du bout du nez.

Je faisais de mon mieux, mais les larmes jaillirent malgré moi et roulèrent le long de mes joues. À la hâte, j'emmenai le mustang à l'écart des chariots et ne m'arrêtai que lorsque j'eus trouvé une belle bande d'herbe.

Aussitôt, le mustang baissa l'encolure pour brouter. Je me plaçai derrière lui pour me cacher à la vue du convoi et je laissai mes larmes me submerger. Je voulais juste que ma famille revienne. Je voulais voir ma mère et mon père. Je voulais jouer avec ma petite sœur. La tête contre l'épaule du mustang, je sanglotai. Comme il l'avait toujours fait, lui resta sans bouger, ne tournant l'encolure que pour me pousser tendrement de son nez à la peau veloutée.

Je ne repris la marche pour rattraper les chariots que lorsque j'eus séché mes larmes. Je ne voulais pas que Mme Kyler me voie dans cet état. Elle avait assez de soucis avec sa propre famille.

Alors que nous nous approchions de la colonne, soudain, le mustang dressa la tête et respira l'air en faisant vibrer ses naseaux. Je laissai filer la longe entre mes doigts pour qu'il puisse secouer sa crinière et faire des pas de côté s'il le souhaitait.

— Tu as flairé quelque chose ? lui demandai-je. Y a-t-il un danger devant nous ?

Il secoua de nouveau sa crinière. Puis il effectua un demi-cercle si brusque que je dus l'imiter. Sans tirer, je resserrai néanmoins ma main sur la longe. Quelque chose le dérangeait.

— Qu'est-ce que c'est ? lui demandai-je une nouvelle fois.

D'un grand coup de sabot, il frappa le sol derrière lui. Puis il hennit, d'un cri aigu, haut perché.

— Mais qu'est-ce qu'il y a ? Oh, que je regrette que tu ne puisses pas parler !

Il souffla bruyamment par les naseaux et hennit une nouvelle fois. Nous étions assez près du troupeau d'Andrew Kyler pour que les juments l'entendent, et elles lui répondirent. Mais quelques secondes après, j'entendis un autre hennissement, provenant d'une autre direction.

Des Indiens ? Des trappeurs ? Personne, en tout cas, ne conduisait un chariot. Aucun attelage, quel qu'il soit, n'aurait pu ni gravir ni descendre en dehors de la piste les flancs de la colline sur laquelle nous nous trouvions. Il y avait trop de gros rochers pour les roues d'un chariot.

Je pressai le pas, puis me mis à courir jusqu'à ce que nous ayons rattrapé le convoi. Jusqu'au soir, j'ouvris l'œil de peur que des cavaliers jaillissent des taillis et des éboulis qui nous entouraient, mais personne ne nous suivait.

Le lendemain matin, alors que j'emmenais paître le mustang, j'entendis de nouveau le même hennissement. Cette fois, le mustang répondit en lançant un appel long, perçant, la tête dressée si haut que je dus me mettre sur la pointe des pieds pour ne pas lâcher son licol. Il hennit de nouveau et, de nouveau, j'entendis une réponse au loin. Au même moment, à travers les arbres, je vis des chevaux passer au galop, à peine visibles avec la distance.

Ils formaient un grand troupeau, qui s'étirait derrière un gris à l'ossature puissante. Tout derrière suivait un cheval qui ressemblait beaucoup au mustang. Sa crinière épaisse et noire ondulait sur son encolure. J'attendis pour savoir qui conduisait ces animaux, pensant plus ou moins voir apparaître des Indiens. Mais le troupeau passa et disparut et, bien que j'aie gardé les yeux fixés sur l'endroit où ils avaient défilé, je n'aperçus aucun cavalier. Il me fallut si longtemps pour comprendre que je rougis de honte une fois l'explication trouvée. Personne ne les conduisait. C'étaient des chevaux sauvages.

Je regardai le mustang, j'observai son encolure arquée. Ses yeux n'avaient jamais été si lumineux et vivants. Ses naseaux étaient dilatés, comme s'il avait lui-même galopé. Soudain, il bondit en avant, tirant sur sa longe avec tant de force que je trébuchai et manquai de tomber. Sentant une résistance, il se tourna vers moi, ralentit le pas et me laissa le rattraper.

Je le caressai et nous reprîmes calmement la marche, comme nous le faisions depuis des mois. Je trouvai un autre coin d'herbe et le laissai manger tout son content. Il se nourrit goulûment. Mon cœur palpitait. Il faudrait que je sois plus prudente. Si jamais nous tombions sur des chevaux sauvages qui soient assez près, il essaierait probablement d'aller les retrouver.

Chapitre 7

Peu de temps après, arrivés au sommet d'une éminence, nous découvrîmes la rivière Snake à nos pieds. L'eau était belle à voir au milieu de ce paysage étrange et mouvementé ; la rivière se frayait un long cours sinueux dans le terrain accidenté et rocheux. Le ciel, nuageux ce jour-là, donnait à sa surface l'apparence polie d'un miroir bleu-vert.

La piste, d'abord assez éloignée, nous en rapprocha rapidement. La Snake avait érodé le sol et creusé des berges abruptes qui offraient des spectacles inhabituels. Sur sa rive opposée, le sol crachait à un endroit des sources rugissantes, projetant dans les airs d'immenses chutes d'eau qui retombaient en cascade dans son lit. On aurait dit qu'une rivière souterraine se jetait dedans.

Un matin, alors que le jour se levait à peine, nous entendîmes des clapotis dans l'eau. Tout le monde interrompit ses corvées pour regarder. Nous vîmes ce qui ressemblait dans le demi-jour de l'aube à de vagues arcs argentés — c'étaient des poissons, des poissons qui sautaient !

Andrew et deux de ses frères fabriquèrent à la va-vite des filets avec de la ficelle empruntée aux Taylor. Au milieu de la matinée, ils étaient trempés, avaient causé des heures d'inquiétude à leurs épouses, mais ils avaient attrapé dix de ces magnifiques poissons.

— C'est du saumon ! s'exclama gaiement M. Kyler en les voyant. J'avais entendu dire qu'il y en avait.

Pas un seul d'entre nous ne suggéra de prendre la route avant d'avoir fait cuire et mangé cette manne inattendue. Après tous ces mois passés à se nourrir de haricots et de bacon, la chair délicate et rosée de ces poissons fut un pur délice.

Du coup, M. Taylor et M. Heldon fabriquèrent des hameçons à l'aide de vieilles baleines en fer de corset que Mme Kyler leur avait données. En guise de ligne, ils utilisèrent de la ficelle, et comme appât, des morceaux de bacon. Les saumons n'en semblaient pas rassasiés comme nous l'étions, car ils mordirent à l'hameçon en quantité, et M. Taylor et M. Heldon n'eurent aucune difficulté à les ramener l'un à la suite de l'autre sur les berges rocailleuses. Ces cannes à pêche de fortune étaient beaucoup plus simples à faire que les filets, et tous les hommes tâchèrent de s'en fabriquer.

Nous mangeâmes souvent du saumon après ce jour-là, sans jamais nous en lasser. Le bacon qui nous restait était rance depuis des semaines bien qu'il ait été salé, si salé d'ailleurs qu'il en était devenu presque immangeable et nous piquait la bouche de façon intolérable.

Ce changement de régime était le bienvenu pour nous tous, mais les animaux, eux, ne purent en profiter. Un soir après le souper, Mlle Liddy me prit à part. Elle avait un air attristé.

— On va devoir arrêter les leçons pendant quelque temps.

Mon cœur se serra, mais je savais pourquoi elle prenait cette décision.

— Si ça se trouve, ce serait mieux de ne pas faire travailler Geneviève du tout, dis-je tout haut.

Mlle Liddy opina à contrecœur :

— Elle perd du poids. Tous les animaux en perdent. C'est cette satanée armoise, lança-t-elle en donnant un coup de pied dans un buisson de cette plante gris-vert qui se trouvait là. Elle ne les nourrit pas autant que l'herbe. Ça se voit bien qu'ils la détestent, ajouta-t-elle en secouant la tête.

Elle avait raison.

— Le mustang fait la grimace aussi, lui dis-je, et il mange de moins en moins.

— Ils ne s'en nourrissent que parce qu'ils n'ont pas grand-chose d'autre à se mettre sous la dent, reprit Mlle Liddy. Tu t'es déjà demandé si c'était une erreur d'être partie ? me dit-elle alors.

Sa question me prit au dépourvu.

— Quelquefois, finis-je par admettre. Si je n'arrive pas à trouver mon oncle...

Je m'arrêtai, car je ne pouvais penser à cette éventualité sans avoir la nausée.

— Il y a assez d'habitants à Oregon City pour qu'on puisse y donner des représentations, poursuivit Mlle Liddy calmement. Je pense qu'on gagnera assez d'argent pour y passer l'hiver, ajouta-t-elle en repoussant les cheveux qui lui tombaient sur le visage. Au printemps, on partira peut-être vers le sud, vers Mexico, si la guerre est finie et si le voyage n'est pas trop difficile. Je n'ai jamais vu l'*Alta California**. Je veux y aller.

Cela me surprenait qu'elle veuille se rendre dans une région où la guerre sévissait, et qu'elle envisage d'ajouter ne serait-ce qu'un centimètre à tous les kilomètres que nous devions déjà effectuer. Mais son idée me fascinait aussi. Mexico ! Je ne connaissais pas cette envie d'aller quelque part uniquement pour voir.

— J'aimerais voyager un jour, murmurai-je.

---

* Terme remontant à 1804 lorsque la « province de Californie », qui faisait partie de la « Nouvelle Espagne », dont la capitale était Mexico, fut divisée en *Baja* (Basse) et *Alta* (Haute) *California*. Cette dernière région couvrait alors les États américains actuels de la Californie, du Nevada, de l'Utah, du nord de l'Arizona, et du sud-ouest du Wyoming. Son statut changea après la guerre du Mexique, que les États-Unis gagnèrent en 1848 après deux ans de combat. La Californie actuelle, État américain, fut fondée juste après, en 1850. *(N.d.T.)*

— Alors tu dois le faire, me répondit Mlle Liddy en hochant la tête.

— Les Kyler m'ont promis de me conduire jusque dans l'Oregon et de m'aider à y retrouver mon oncle Jack, lui dis-je en levant les yeux vers elle. Je ne peux même pas imaginer qu'il accepterait de me laisser voyager seule.

— La vie du cirque est difficile, fit-elle en souriant. Et tu as raison, la plupart des gens ne laisseraient pas une petite fille de ton âge voyager. Je l'ai fait, mais il n'y avait personne pour m'en dissuader.

— Liddy ? On a besoin de toi ! hurla M. Le Croix à l'autre bout du campement.

Mlle Liddy lui fit un signe de la main pour lui indiquer qu'elle l'avait entendu, puis elle me prit par les épaules et m'embrassa sur le front.

— Tu verras, Katie, tu auras une jolie maison. Tu es une petite fille formidable et ils auront beaucoup de chance de t'avoir.

Je la regardai s'éloigner avec un sentiment étrange. Les chariots se sépareraient lorsque nous arriverions à Oregon City, je le savais. Les Kyler, les McMahon, les Heldon, les

Craggett et les Taylor partiraient à la recherche d'une terre où s'installer, j'en étais certaine. Quant à M. Silas et à ses amis, comment savoir ce qu'ils pensaient faire ? Ils n'avaient pas l'air de fermiers. Je me demandais où chacun d'entre nous finirait par aller — si nous nous reverrions jamais.

La pensée de perdre Mme Kyler de vue m'attristait. Elle avait été si bonne avec moi. Elle était si drôle, si patiente ; je savais que ma mère l'aurait adorée.

Je sentis des larmes perler au coin de mes yeux et je me détournai vivement avant de m'éloigner. Je devais emmener paître le mustang. Ces derniers temps, malgré tous mes efforts pour lui trouver de l'herbe, il avait continué de maigrir.

Peut-être regrettait-il de m'avoir autorisée à le conduire si loin. Peut-être s'en serait-il mieux sorti s'il avait continué sa course ce fameux jour où il s'était enfui. Cette pensée me troubla et me fit mal, je la repoussai donc. Je prenais bien soin de lui et je le ferais toujours.

Je le menai loin des chariots et, un kilomètre plus loin environ, avisai sur le côté un carré d'herbe encore un peu vert. J'obliquai dans sa direction, aussitôt imitée par le mustang sans que j'aie besoin de tirer sur sa longe une seule fois. Il marchait à mes côtés, et non derrière. Je ne le conduisais pas. Nous avancions, ensemble.

Chapitre 8

Le soir, lorsque nous rangions les affaires après le souper, Mme Kyler était toujours gaie. Mais elle l'était moins désormais qu'un mois plus tôt. Elle avait l'air fatiguée aussi. Chaque jour que nous passions à marcher le long de la rivière Snake, au son des chariots qui grinçaient et gémissaient sur la piste défoncée, je commençais à voir qu'en fait beaucoup d'entre nous faiblissaient.

Cette pauvre Mme Heldon souffrait de terribles maux d'estomac, sous le coup desquels elle se tordait de douleur et qui, parfois, la faisaient vomir. Elle partait alors se mettre à l'écart, mais nous l'entendions et, tous, nous avions pitié pour elle. J'avais aussi remarqué que, la plupart du temps, c'était Grover qui préparait le petit déjeuner et le souper pour son père. Dès qu'elle le pouvait, sa mère s'allongeait dans le chariot.

La femme d'Andrew, Hannah, était de nouveau enceinte — chacun d'entre nous comprenait maintenant ce qu'elle savait sans doute depuis Council Bluff. Les jours de grande chaleur, elle semblait au bord de l'évanouissement.

M. et Mme McMahon avaient perdu leur visage poupon et son corps à elle était devenu aussi maigre qu'un épouvantail à moineaux. Leur petit garçon, Toby, pleurait et geignait souvent et, de temps en temps, je voyais du sang sur son menton.

Pour une raison ou pour une autre, un certain nombre de personnes avaient des gencives noires et douloureuses qui saignaient lors des repas. Andrew Kyler avait la main gauche bandée dans des lambeaux de tissu en coton depuis des semaines — il s'était coupé et sa plaie n'avait pas encore commencé à cicatriser.

Quant à ceux d'entre nous qui n'étaient ni blessés ni malades, ils étaient simplement épuisés. Le soir, à peine le souper terminé,

Polly, Julia et Hope partaient s'allonger dans leurs chariots et se faisaient brièvement la lecture avant de s'endormir. Elles étaient devenues si silencieuses que je les remarquais à peine.

M. Kyler semblait presque continuellement fatigué. Il faisait plus vieux que lorsque Hiram et moi l'avions rencontré. Il passait ses journées à soupirer. Quant à la pauvre Mary Taylor, elle était si pâle et si faible qu'elle ne pouvait presque plus marcher jusqu'au feu de camp le soir.

C'est son père qui la portait et venait l'asseoir délicatement sur une caisse à pommes retournée pour qu'elle puisse sortir un peu de l'atmosphère confinée de la bâche de leur chariot et passer une petite demi-heure à profiter de la vue à ciel ouvert.

M. Silas et ses amis s'isolaient de plus en plus. Ils n'avaient jamais été très sociables, mais ils en étaient arrivés au point où ils s'adressaient rarement à nous désormais.

Lorsque je laissais le mustang brouter non loin de leur campement, il m'arrivait parfois de les entendre se disputer. Je faisais toujours en sorte de disparaître avant qu'ils ne me remarquent. D'après ce que je comprenais,

M. Silas avait convaincu les autres de l'accompagner dans cette aventure et ils commençaient tous à se demander s'il leur avait dit la vérité sur les merveilles que l'Oregon était censé leur offrir. L'un d'eux ne cessait de répéter qu'ils auraient dû bifurquer vers la Californie au lieu de s'enfoncer dans des montagnes si trompeuses.

De nombreuses familles étaient prises de doutes semblables et avaient le même genre de discussions. Nous étions tous si fatigués.

Tout le long de la lente route qui nous conduisit à Fort Boise, nous ne vîmes que des terres arides, jonchées de pierres sombres et coupantes qui crissaient et craquaient sous les roues des chariots. Nous ne passâmes qu'une journée dans ce fort. Malgré la canicule du moment, les hommes avaient peur que nous soyons encore dans la chaîne des Blue Mountains lorsque la neige commencerait à tomber, et ils avaient donc décidé d'accélérer le rythme de notre avancée. Avant de repartir, je demandai autour de moi si quelqu'un connaissait mon oncle, mais comme dans les autres forts, nul n'avait entendu parler de lui.

Au mois d'août, le soleil était devenu notre ennemi, et il le resta en septembre. Le paysage était si déchiqueté, si désertique que, sans la rivière Snake, nous n'aurions jamais survécu.

Le temps finit par nous accorder un peu de répit ; la chaleur diminua, le ciel se couvrit. Mais lorsque la pluie survint, ce fut un tel déluge que nous fûmes vite trempés et que la piste se transforma en bourbier. Puis un orage éclata, accompagné d'éclairs si brillants et de coups de tonnerre si bruyants que la terre aurait pu s'ouvrir en deux. La foudre tomba, et tomba encore, si près que nous sentîmes le sol trembler. Le mustang était terrifié, et moi aussi. Nous restâmes tous deux blottis contre le chariot. Son corps tremblait.

— Katie Rose, monte tout de suite ! me cria Mme Kyler plusieurs fois.

Je fis comme si les trombes d'eau m'empêchaient de l'entendre et elle finit par renoncer. Je savais que son ordre partait d'un bon sentiment et qu'elle se souciait de moi, mais je me sentais bien plus en sécurité à l'extérieur avec le mustang qu'enfermée sous la bâche du chariot et l'étalon avait besoin d'être réconforté autant que moi, j'en étais sûre.

La pluie tomba presque sans discontinuer jusqu'au lendemain matin. Vers minuit, M. Kyler m'apporta un morceau de bâche en guise de cape et me prêta son chapeau. J'étais déjà mouillée, mais je me sentis un peu plus protégée et je lui en fus reconnaissante. Je m'appuyai contre le flanc du chariot et je crois bien que je m'endormis, debout.

Alors que le soleil se levait, je fus réveillée en sursaut par une plainte longue et sinistre. C'était Mme Taylor. Pour une raison ou pour une autre, pendant que l'orage et la pluie faisaient rage, la petite Mary avait réussi à descendre du chariot. Elle n'avait pas pu remonter et avait passé le reste de la nuit dehors, trempée jusqu'aux os, tremblante et fiévreuse. Aucun des membres de sa famille, tous plongés dans un sommeil épuisé et rendus sourds par le martèlement de la pluie sur la bâche, ne l'avait entendue.

Après cette nuit-là, l'angoisse ne quitta plus les yeux de Mme Taylor. Je la plaignais. Elle et son mari s'occupaient si bien de Mary, et avec tant de tendresse. Ils étaient aussi aimants que des parents pouvaient l'être et l'idée d'avoir manqué à leur devoir envers elle leur brisait le cœur.

Peu de temps après, nous arrivâmes sur le gué qui traversait la Snake. Trois îles y servaient de tremplin. Un convoi s'y étant déjà engagé, il fallut nous arrêter. Pendant que nous attendions, une troisième expédition, nombreuse, nous rattrapa et nous dépassa, ayant choisi de poursuivre sa route sur la rive sud.

Nos hommes demandèrent aux passagers s'ils connaissaient l'état de la piste qu'ils avaient choisie. Leurs réponses les firent douter. Et, comme chaque fois, ils eurent beaucoup de mal à s'entendre. Certains voulaient attendre d'être plus au nord pour traverser : les hommes de la caravane qui nous avait doublés pensaient que le passage serait plus aisé un peu plus loin.

M. Silas voulait construire des radeaux pour transporter les chariots. M. Kyler n'était pas contre ce projet, mais tout le monde savait qu'il faudrait trois ou quatre jours pour couper les arbres et les assembler. Qui plus est, il n'y en avait pas beaucoup à proximité de la berge. Il faudrait donc demander à des bœufs déjà épuisés un effort supplémentaire pour ramener les troncs.

Cette fois, les amis de Mlle Liddy se joignirent à la discussion. M. Swann était fermement partisan de traverser. Les deux derniers jours avaient été nuageux et, selon lui, s'il se remettait à pleuvoir, le niveau de la rivière monterait. M. Dillard insista sur le fait que les îles nous permettraient d'éviter les endroits les plus profonds.

La discussion devint orageuse. M. Le Croix changea de camp plusieurs fois. Andrew Kyler fut d'accord pour dire que les îles aideraient les bêtes, en leur permettant de se reposer, mais au-delà, il n'était sûr de rien.

Au bout du compte, il fut décidé que nous traverserions. Je crois que tout le monde était trop fatigué pour poursuivre la discussion. L'opération prit la journée entière : il fallut d'abord déterminer quelle serait la meilleure direction à prendre, calfater les chariots pour qu'ils flottent mieux et soulagent ainsi les bœufs quand ils seraient obligés de nager. Ensuite, plusieurs heures s'écoulèrent à réorganiser les chargements et à mettre en place un ordre de passage. La traversée ne commença qu'au début de l'après-midi.

Je montai avec M. et Mme Kyler. Le mustang resterait avec les juments et nagerait avec elles derrière le reste du troupeau encadré par les fils Kyler.

M. Kyler ouvrait la marche, un soulagement pour moi. Traverser une rivière était terrible ;

attendre de la traverser était pire, car, pendant ce temps, on avait tout le loisir d'observer et de s'inquiéter. M. Kyler fit avancer les bœufs en criant et en faisant claquer son fouet jusqu'à ce que l'eau soit assez profonde pour qu'ils puissent nager, puis à l'abord de la première île, il reprit les rênes et encouragea les bêtes à nouveau de la voix.

Je pensais que le courant nous pousserait trop loin vers l'aval, mais M. Kyler avait bien calculé sa trajectoire. Les roues du chariot touchèrent le fond et les bœufs grimpèrent sur la berge.

Une fois sur la terre ferme, Mme Kyler me serra dans ses bras, puis descendit avec moi pour traverser l'île à pied tout en observant les chariots qui nous suivaient. Elle se faisait du souci pour le reste de sa famille. Quant à moi, je gardai l'œil sur le mustang, qui n'avait pas encore quitté la rive. Andrew avait laissé le troupeau s'éparpiller dans un pré pour paître.

M. Kyler conduisit l'attelage à travers la bande de terre, puis laissa les bœufs se reposer une demi-heure avant d'entamer la seconde traversée. Pendant ce temps, les deux chariots qui nous suivaient nous rejoignirent. L'un d'eux était conduit par Hannah. Mme Kyler alla voir comment elle se portait. Malgré les réticences d'Andrew puisqu'elle était enceinte, Hannah avait insisté pour conduire le chariot elle-même pendant que lui s'occupait des bêtes comme d'ordinaire.

Je remontai avec Mme Kyler sur le siège du conducteur. Comme toujours, être séparée du mustang m'inquiétait, et je m'agitai tant et me penchai si souvent pour voir comment il allait que Mme Kyler finit par me prendre la main dans l'espoir de m'apaiser.

Cependant, M. Kyler avait fait redémarrer l'attelage en faisant claquer son fouet pour traverser jusqu'à la seconde île. L'eau était plus profonde que la première fois et le courant, rapide. Je m'agrippai au siège des deux mains, les yeux rivés sur les remous.

Une fois arrivés, nous attendîmes de nouveau, pendant près d'une heure. Puis nous passâmes sur la troisième île. C'était la plus petite et ses bords étaient abrupts. Le chariot fut durement secoué et nous dûmes bien nous accrocher au siège tant les bœufs eurent du mal à retrouver leur équilibre pour sortir de l'eau. De nouveau, M. Kyler leur laissa une heure de répit avant la dernière étape.

Ils étaient épuisés. Ils traversèrent cette dernière partie de gué en haletant, leur souffle devenu presque un râle lorsqu'ils reprirent pied et durent nous tirer sur la terre ferme. Dès que le chariot se fut immobilisé, je sautai à terre et repartis au bord de l'eau pour observer l'avancée du reste du convoi. Tout le monde passa sans encombre, à l'exception des Taylor. Le courant fit chavirer leur chariot et nous regardâmes tous, impuissants, leurs bœufs se débattre pour garder la tête hors de l'eau et ne pas se laisser entraîner vers le fond par leur joug en bois et leur harnais. Je vis M. Taylor qui se cramponnait à une roue. Sa femme fut emportée vers l'aval, mais elle n'était pas loin de la berge et Charles Kyler plongea à son secours. Leurs enfants s'agrippèrent au chariot et réussirent à s'y tenir jusqu'à ce que les bœufs parviennent à sortir de l'eau.

La seule que personne ne put sauver fut cette pauvre Mary. Affaiblie et souffrant d'une forte fièvre depuis qu'elle était restée sous la pluie, elle était allongée dans le chariot et fut noyée. Une vague de silence traversa le convoi dès que l'on vit la forme de son petit corps inerte dans les bras de son père. Il marchait à côté de leur chariot, dont sa femme avait pris les rênes. Tous deux avaient l'air effondrés et nous ne pûmes que les regarder, incapables de dire ou de faire quoi que ce soit qui soulage leur misère.

Andrew et ses frères vinrent ensuite avec les bêtes. Le mustang fermait la marche comme d'habitude, un peu sur le côté, Delia et Midnight juste devant lui. La Snake était si large et si profonde que je retins mon souffle, mais les chevaux atteignirent la première des îles sans incident. Andrew les laissa souffler, se secouer et paître en attendant qu'ils aient retrouvé leur calme et leurs forces, puis il reprit la traversée.

Lorsqu'ils arrivèrent enfin sur la berge, je m'élançai vers le mustang en courant.

— Mary est morte, lui murmurai-je une fois devant lui.

D'une certaine façon, mes mots donnèrent corps à la réalité. Mes yeux se mirent à me brûler. Le mustang s'ébroua et je me tenais si près de lui qu'il éclaboussa ma robe.

Je passai à ses côtés et remontai la berge avec lui. C'est là que je vis Grover qui m'observait. Il avait de gros cernes noirs sous les yeux. Je lui avais à peine parlé ces derniers temps. Il avait été occupé du matin au soir avec les corvées de sa mère, qui s'étaient presque toutes ajoutées aux siennes. J'étais quasi certaine que l'état de Mme Heldon avait empiré.

— Pauvre Mary, me dit-il alors.

— Oui, pauvre Mary, repris-je en hochant la tête et en soupirant.

Grover s'approcha un peu, tout en gardant un œil sur le mustang. Les oreilles de celui-ci frémirent. Je me demandai s'il se rappelait que Grover avait tué le serpent.

— Elle était toujours gentille avec moi, reprit Grover.

J'opinai. Il m'était presque impossible de parler de Mary pour l'instant. Je crois que c'était pareil pour lui, car il baissa la tête en se mordant la lèvre et resta longtemps dans cette position. Finalement, il me dit :

— M. Swann m'a montré quelques tours de jonglage. Je m'entraîne.

Il sortit trois petites pierres rondes de ses poches et les garda dans la main tandis que nous nous placions à l'arrière de la lente et triste procession du convoi.

— Regarde, finit-il par me dire.

Il lança une pierre vers le haut et la rattrapa dans l'autre main. Puis il jeta la seconde, et la troisième. Mais, au bout d'un moment, les trois étaient en l'air et il s'embrouilla ; toutes tombèrent par terre.

— Ça a l'air compliqué, fis-je.

— Ça l'est, me répondit-il.

— Comment va ta mère ? lui demandai-je alors tout en caressant l'encolure du mustang.

Grover haussa les épaules. Puis ses yeux croisèrent les miens :

— Elle ne peut plus manger. Je crois qu'elle est en train de mourir.

Il m'annonça cette nouvelle avec tant de calme que, l'espace d'un instant, je ne fus pas sûre de l'avoir bien compris. Mais je vis dans son regard que je l'avais bien entendu.

Je ne savais pas quoi dire. Je me contentai donc de tendre le bras et de lui effleurer la main de mes doigts. Je pensais que cela l'encouragerait à en dire plus, mais il resta silencieux. Je cherchai désespérément des mots pour le soulager, en vain. J'inspirai longuement, ouvris même la bouche pour parler, mais aucun mot ne sortit. Tous ceux qui s'étaient formés dans mon esprit sonnaient creux et semblaient inutiles face à la mort de

Mary et aux nouvelles que lui venait de me donner.

— Je suis vraiment désolée, finis-je par balbutier.

Le ton de ma voix semblait sec et cassant. Mais il ne m'écoutait pas de toute façon ; il s'était tourné pour s'éloigner. Il marcha lentement, comme s'il avait oublié que je me trouvais là. Je le regardai dépasser le chariot de ses parents avant de disparaître sous les arbres. Je récitai une prière pour lui, puis en ajoutai une pour Annie, et une autre encore pour Hiram.

Bien qu'il y ait une tombe à creuser, personne ne voulut aller plus loin que nécessaire. Nous étions tous épuisés par la traversée. Nous installâmes donc notre campement à moins d'un kilomètre de la rivière. Lorsque M. Kyler détela les bœufs, je remarquai que leurs pattes tremblaient de fatigue.

Ils étaient maigres et avaient l'air exténués, et cela m'effraya. Que feraient les familles si leurs bêtes succombaient ? Notre seul espoir était de trouver des prairies. Les chevaux du troupeau d'Andrew avaient tous l'air décharnés. Midnight avait des côtes saillantes. Delia résistait mieux.

Le mustang avait, lui aussi, maintenu son poids, à peu près, mais uniquement parce que je ne faisais rien d'autre toute la journée que de lui chercher des touffes ou des carrés d'herbe à brouter.

Les femmes firent démarrer leurs feux de camp en silence. Les hommes choisirent un endroit pour la tombe. La creuser fut extrêmement difficile à cause de la boue, de la pluie fine qui tombait — et de la roche. Cependant, je restai à l'écart et m'occupai l'esprit en cherchant de l'herbe pour le mustang, puis en aidant Andrew Kyler à rassembler les bêtes. Il était fourbu au point de s'effondrer, il avait dormi encore moins que moi.

Lorsque la tombe fut d'une profondeur suffisante, j'entendis Mme Taylor entonner un hymne, d'une voix frêle et chevrotante, mais courageuse. Puis M. Taylor lut un passage de la Bible. Ils avaient enveloppé leur fille dans une courtepointe, et c'est ainsi qu'ils la mirent en terre. Je ne pus trouver la force de regarder. Les sentiments que cet enterrement éveillait en moi étaient trop douloureux à supporter.

Le lendemain matin, les bœufs reprirent leur lente et laborieuse avancée dans le demi-jour froid de l'aube.

— Combien de kilomètres nous reste-t-il à faire ? demandai-je à M. Kyler lorsque le mustang et moi eûmes rattrapé le chariot.

Je lui souris, m'attendant à entendre qu'Oregon City n'était qu'à deux pas.

— Je ne suis pas sûr, Katie, me répondit-il doucement. Je dirais entre quatre cent cinquante et six cents kilomètres.

Je restai bouche bée, les yeux écarquillés. À ma réaction, il prit les rênes dans une main et me tapota la tête de l'autre.

— La route est rude, ça ne fait aucun doute, me dit-il alors. Mais il faut continuer, et avancer aussi vite que possible pour arriver avant la neige. On n'a pas le temps de se reposer.

Je hochai la tête et m'efforçai de sourire ; il avait l'air si accablé de fatigue que je m'inquiétai.

— Mais la neige est la seule chose qui pourrait nous arrêter désormais ! reprit-il en riant comme s'il avait lancé une bonne plaisanterie.

De nouveau, je m'efforçai de lui sourire en opinant :

— Oui, si ce n'est qu'il ne neigera pas.

— Peut-être que oui, peut-être que non, me fit-il en haussant les épaules. Il n'y a aucun moyen de le savoir. En tout cas, j'espère que tu auras raison.

Sur ce, il leva les yeux. Le ciel était parfaitement clair au-dessus de nos têtes, mais parsemé de nuages vers le nord.

— À mon avis, ici, les tempêtes arrivent du nord, ou bien de l'ouest, de l'océan, m'expliqua-t-il.

Je pensais qu'il en dirait plus, mais il se tut. Au bout d'un moment, je lui fis un petit signe de la main et quittai la piste défoncée. M. Kyler était réellement préoccupé, cela se voyait.

Lorsque je trouvai enfin un carré d'herbe, je m'arrêtai et, bien qu'elle soit sèche et dure, le mustang se rua dessus. Lorsqu'il me sentit m'appuyer contre lui, il releva la tête et vint m'effleurer le visage du bout du nez, sa crinière retombant sur mes épaules comme un châle. J'étais si fatiguée de marcher. J'étais si inquiète, à tant de sujets. Mais je ne pleurai pas. Je ne pouvais pas pleurer. J'en conclus que le corps contient une quantité limitée de larmes. Peut-être les avais-je déjà toutes versées. Il s'avéra un peu plus tard que j'avais tort.

Alors que je marchais à quelque distance des autres, je pleurai, à chaudes larmes, pour Mary, pour moi, pour les pauvres mains d'Annie, pour Grover, pour la jument qui s'était brisé une jambe, pour tout ce monde qui souffrait.

De nouveau, le mustang m'effleura du bout du nez, puis il ralentit le pas, avançant moins vite qu'à son habitude, épousant mon rythme, jusqu'à la fin de la journée. Pour ma part, je réussis à mettre un pied devant l'autre, ce qui fut bien assez difficile.

Chapitre 9

Les Blue Mountains. Nous y étions, nous entamions ce que tout le monde avait toujours décrit comme la partie la plus difficile du voyage. Avec raison. L'une des montées était si raide que, avant de commencer à grimper, je plaçai ma main dans le prolongement du sommet. Mon coude vint toucher mon oreille tellement c'était haut !

L'ascension nous prit deux longs jours pénibles. Il fallut atteler douze bœufs à chacun des chariots, et malgré tout, la progression resta difficile. Arrivés au sommet, les hommes dételaient six des bêtes et redescendaient avec elles. Les allers-retours se poursuivaient jusqu'à la tombée de la nuit.

Quelques jours plus tard, nous arrivâmes au pied d'une autre montée presque aussi escarpée et qui montait par paliers. De nouveau, il fallut doubler les attelages. Et pousser chacun des chariots, les paumes des mains à plat contre leur caisson en bois. Nous étions obligés d'avancer, tournés de côté, croisant nos jambes l'une devant l'autre à chacun de nos pas et pesant de tout notre poids afin que le chariot ne reparte pas s'écraser en contrebas.

Tout le monde dut prêter main-forte. Je laissai le mustang avec le troupeau d'Andrew et les juments. Le plus jeune fils Taylor surveilla les bêtes avec la mère de Grover et le petit Toby. Les deux garçons n'avaient que sept et cinq ans, et Mme Heldon tenait à peine debout, mais M. Kyler avait si peur que l'un des chariots ne se renverse et dévale la pente qu'il demanda à chacun de faire un effort. Mme Heldon monta dans le dernier chariot et Toby et moi restâmes avec les bêtes jusqu'à ce qu'Andrew et Charles Kyler reviennent.

Puis ce fut une descente abrupte et rocailleuse qui nous ralentit et pour laquelle nous dûmes reprendre les cordes, cette fois en guise de frein. À un moment donné, le dénivelé forma un tel à-pic qu'il fallut vider chacun de ces satanés chariots, les soulever avec les cordes et les laisser glisser jusqu'en bas avant de les charger de nouveau. Un des bœufs se brisa une patte et dut être abattu. Ce fut un véritable enfer.

M. Silas équarrit la pauvre bête, ce qui nous procura de la viande fraîche pendant plusieurs jours. Je me sentais honteuse que nous ayons conduit cet animal à sa perte, mais je mourais d'envie aussi de bien manger. Depuis longtemps le bacon était rance, et il sentait mauvais. Mais nous n'avions rien d'autre à nous mettre sous la dent.

Une nuit, je rêvai que je faisais un repas de saumon. Je fus si déçue de m'éveiller à la réalité le lendemain que j'en aurais pleuré.

Par un matin froid, nous ouvrîmes les yeux sur une gelée blanche qui gainait les branches des pins et craqua sous nos pieds lorsque nous nous mîmes en route. Depuis le début, nous suivions le même sentier sillonné d'ornières profondes. Mais plus nous avancions, plus nous fûmes certains que les chariots qui les avaient creusées avaient été des chariots perdus. Comme nous. Nous continuâmes néanmoins, sans trop échanger nos craintes.

J'en étais reconnaissante à tout le monde. En parler n'aurait rien arrangé, au contraire.

Nous arrivâmes enfin sur une piste où les ornières étaient encore plus profondes, et nous décidâmes de nous y engager. Cette décision nous ramena dans la bonne direction, car, deux jours plus tard, nous avisâmes un convoi devant nous. En outre, M. McMahon trouva dans ses guides un nom pour la belle et vaste vallée que nous découvrîmes peu après.

La vallée de la Grande Ronde et le paysage alentour étaient un plaisir pour les yeux. Nous n'avions rien vu de plus beau depuis notre entrée dans les Rocheuses. La terre noire sentait bon la terre de culture. Quant aux flancs des collines, ils étaient tapissés de grands pins majestueux. C'était magnifique, et tout le monde ralentit le pas pour respirer la douceur de l'air et profiter du spectacle.

Je marchai avec le mustang à côté du chariot de M. et Mme Kyler.

— Je ne comprends pas pourquoi nous devons continuer, dit Mme Kyler tout en regardant autour d'elle.

Elle s'était levée du siège et elle sauta à bas du chariot, alors que les bœufs n'étaient même pas arrêtés. Les sourcils froncés, M. Kyler se tourna vers elle pour s'assurer qu'elle avait mis pied à terre en toute sécurité, puis se rassit face à la route.

— Pourquoi faire un pas de plus ? insista Mme Kyler, les yeux levés vers le ciel, tout en s'étirant avant de presser les mains sur ses reins.

Je hochai la tête d'un air entendu en m'arrêtant à sa hauteur. Vraiment, l'endroit était merveilleux. L'air lui-même était délicat, parfumé par les aiguilles de pin. Deux ruisseaux coulaient en contrebas.

Le mustang semblait tout excité et avança de quelques pas en caracolant. La température était vivifiante. Si vivifiante que je me mis à frissonner. Mme Kyler le remarqua :

— Est-ce que tu as une grosse veste ? me demanda-t-elle aussitôt.

J'opinai.

— Est-ce qu'elle te va encore ?

— Elle devrait, répondis-je en opinant de nouveau. Elle était trop grande quand Hiram me l'a achetée. Je suppose que c'est le moment de la sortir de mon ballot.

Mme Kyler resta silencieuse un instant et je regrettai d'avoir mentionné Hiram. Penser à lui ne pouvait que la faire penser à Annie. Tous les kilomètres difficiles, épuisants, qui se trouvaient désormais derrière nous étaient autant de kilomètres entre elle et sa fille.

Mme Kyler me regarda.

— Je crois bien que nous n'avons pas le choix. Ils vont nous faire aller jusqu'à Oregon City.

Je souris au ton résigné de sa voix.

— Je suppose que oui, lui dis-je.

Elle soupira et pressa les mains une nouvelle fois contre ses reins.

— Les hommes disent qu'Oregon City est un paradis sur terre.

Nous prîmes toutes deux une longue bouffée d'air exactement au même moment, puis soufflâmes à l'unisson, comme si nous avions compté *un, deux, trois, soufflez !* Cette coïncidence nous fit rire, et ce rire nous aida à continuer de marcher. L'habitude à elle seule nous y aidait. Et cette habitude était si ancrée qu'il était parfois difficile d'imaginer que nous nous arrêterions jamais.

Quelques jours plus tard, deux hommes à cheval nous rattrapèrent. Ils avaient rendu visite à des amis près de Fort Boise et repartaient sur Oregon City. M. Kyler les héla amicalement et ils ralentirent. Aussitôt, M. Kyler tendit les rênes à Mme Kyler, se tourna, puis sauta du siège sans même arrêter les bœufs, qui continuèrent à avancer de leur pas laborieux. Il marcha d'abord en levant haut les genoux pour détendre ses muscles, puis allongea ses foulées et rattrapa les étrangers tout en leur parlant.

Je vis M. Taylor sauter à terre également, suivi de M. McMahon et de M. Le Croix. En moins de quelques minutes, aucun chariot ne s'était arrêté, mais seuls trois d'entre eux étaient encore conduits par des hommes : M. Swann et M. Dillard étaient restés aux rênes du second et du troisième chariot de Mlle Liddy et, bien sûr, M. Silas avait passé les commandes du sien à l'un de ses partenaires. Personne ne s'arrêta. Nous avions tous peur de faire une halte — nous luttions de vitesse avec la neige.

Les hommes qui venaient de l'arrière de la colonne me dépassèrent au petit trot et allèrent vite se coller sur les talons de M. Kyler pour se joindre à la conversation.

Lorsque le soleil atteignit le zénith, nous nous arrêtâmes pour le déjeuner et les étrangers se joignirent à nous. Ils avaient de quoi manger et je remarquai le soulagement évident de Mme Kyler. Nous avions si peu à offrir en dehors de notre satané bacon salé et malodorant.

Je m'approchai des deux étrangers avec le mustang.

— Est-ce que vous connaîtriez un M. Jack Rose ? leur demandai-je d'un ton posé.

Ils levèrent les yeux vers moi, secouèrent la tête de droite à gauche, puis replongèrent le nez dans leur assiette. Mon cœur battait la chamade, comme il le faisait toujours quand je posais cette question.

— Tu as trouvé ce cheval par ici ? me demanda alors l'un des hommes.

Je le regardai, interdite.

— Il y a beaucoup de chevaux sauvages dans cette région qui lui ressemblent. Les gens disent qu'ils descendent de chevaux que les Espagnols ont libérés ou perdus il y a quelques siècles.

— Je viens avec lui de l'Iowa, répondis-je.

Je vis les sourcils de l'homme se lever, mais je ne voulais rien lui expliquer. Je ne voulais pas parler du tout. Je m'éloignai dans la petite clairière dans laquelle nous nous trouvions. J'y trouvai de l'herbe courte et dure pour le mustang et le laissai paître pendant que je tâchais de ravaler ma déception et de me raisonner. Je finirais bien par trouver quelqu'un qui connaîtrait mon oncle Jack. C'était certain. Il le fallait. Je repoussai toutes les pensées le concernant et tournai mon attention sur ce que l'homme avait dit au sujet du mustang.

— Est-ce que ton arrière-arrière-arrière-arrière-grand-père venait d'Espagne ? demandai-je à ce dernier.

Cette idée me plaisait. Il me semblait normal qu'un cheval aussi merveilleux que le mustang soit originaire d'un pays aussi merveilleux que l'Espagne.

Tandis qu'il continuait de brouter, je vis l'un des étrangers étaler une carte sur le sol. Aussitôt, les hommes de notre convoi s'agglutinèrent autour de lui, chacun hochant la tête d'un air appréciateur. Il devait leur suggérer quelque chose. Je repartis vers les chariots et rejoignis Mme Kyler.

— On a décidé d'aller jusqu'à la mission Whitman, annonça M. Kyler en revenant une fois que les deux hommes eurent repris leur chemin.

Ce disant, il grimpa sur le siège du conducteur.

— Cette piste contourne la mission, mais on va faire le détour, lança-t-il en s'emparant des rênes, même si ça prend une journée de plus.

— Mais pourquoi, si ce n'est pas nécessaire ? Pourquoi ne pas continuer tout droit ? lui demanda Mme Kyler d'un air étonné.

M. Kyler la regarda du coin de l'œil :

— Ils cultivent leurs terres. Ils ont des carottes, des pommes de terre, des potirons...

— Des potirons ! reprit Mme Kyler en écho. Ce mot me mit l'eau à la bouche.

La mission était un endroit propre et arrangé avec soin, que ses propriétaires, M. et Mme Whitman, avaient transformé en un vrai petit paradis. Des Indiens y vivaient, des hommes polis qui semblaient se sentir à leur aise avec les Whitman, et qui affichèrent la même attitude avec nous. Cependant, ils regardèrent le mustang avec un peu trop d'insistance à mon goût, et je décidai donc de me tenir à l'écart. L'un d'eux s'approcha de moi malgré tout, en pointant le doigt vers un corral*, puis vers le mustang. Je suivis son geste. Dans l'enceinte de ce corral se trouvait une jument qui aurait pu être la mère de

* Enclos où l'on parque le bétail.

l'étalon. Sa robe était de la même couleur miel et une crinière noire retombait, aussi lourde et épaisse que la sienne, sur son encolure.

Je fis un signe de tête à l'Indien pour qu'il sache que je l'avais compris et que j'étais heureuse de découvrir des chevaux semblables au mustang. J'en parlai à Andrew, qui alla marchander l'achat de la jument avec l'homme auquel elle appartenait, mais elle n'était pas à vendre.

Au contraire, remarquant le mustang, l'homme dit :

— Je vous l'achèterais bien. On ne voit pas beaucoup de mustangs sauvages par ici, encore moins des étalons sauvages. À moins de les capturer quand ils sont encore des poulains, on n'arrive jamais à les apprivoiser.

— Il n'est pas à moi, lui répondit Andrew en secouant la tête. Mais je peux vous dire tout de suite qu'il n'est pas à vendre non plus.

Haussant les épaules, l'homme s'éloigna.

Les terres de la mission étaient comme un jardin bien entretenu. On y trouva effectivement des potirons, mais aussi des pommes et même de la bonne farine de blé. Les Whitman nous auraient volontiers offert tous ces aliments — mais la plupart des gens de notre convoi insistèrent pour leur donner en échange un objet ou un autre, voire quelques pièces.

Quel bonheur de manger des produits frais ! Après notre départ, Mme Kyler fit avec le potiron une soupe qui nous dura trois jours. Chaque matin, elle bloquait le couvercle de la marmite à l'aide d'une ficelle pour que la soupe ne se renverse pas sous les cahots du chariot.

J'avais demandé à Mme Kyler de me garder quelques bouts d'écorce pour le mustang. Il les mangea les yeux fermés, comme ma mère le faisait lorsqu'elle buvait du chocolat chaud à Noël.

Chaque jour, la bonne nourriture aidant, chacun de nous semblait reprendre des forces. Nous en avions grand besoin. Les Blue Mountains semblaient résolues à nous en priver.

Alitée depuis quelque temps, Mme Heldon avait cessé de s'alimenter. Nous l'entendions parfois gémir lorsque les secousses sur la piste abrupte et rocailleuse la ballottaient trop.

Un matin, alors que je faisais paître le mustang, je vis Grover l'aider à descendre du chariot. Amaigrie et amoindrie, on aurait dit une enfant malade. Ni elle ni Grover ne me remarquèrent et j'ai honte de dire que je fus soulagée de ne pas avoir à lui dire bonjour d'un ton que j'aurais dû feindre enjoué. J'ai honte de le dire, car deux jours plus tard, elle décéda sans que j'aie eu une autre occasion de lui parler.

Le convoi s'arrêta quelques heures le temps de creuser sa tombe. Grover rassembla des pierres pour les empiler sur le petit carré de terre fraîchement retournée au-dessus du corps de sa mère. Son père, lui, resta près de la tombe de sa femme, immobile, muet, les cheveux en bataille formant une auréole sauvage autour de sa tête.

J'avais laissé le mustang avec le troupeau d'Andrew, mais je restai en retrait des autres. J'observai, consciente du fait que j'aurais dû dire quelque chose à Grover, que, de nous tous, j'étais la seule qui aurait dû être capable de lui parler. Mais je n'y parvins pas.

Les yeux rivés sur le monticule de terre, concentrée sur le passage de la Bible que M. Kyler lisait, je me revis à l'enterrement de mes propres parents et le poids de ces souvenirs me brisa presque le cœur. J'oscillai sur mes jambes, mais je me mordis la lèvre pour ne pas pleurer. La perte de ma famille n'avait pas sa place dans cette région reculée le long de la piste de l'Oregon. Le pauvre Grover n'en était qu'au premier jour de douleur de son propre deuil. Il était devenu mon ami et c'était son tour de pleurer, pas le mien. Je restai donc là à me tortiller les doigts, en continuant d'écouter M. Kyler.

Soudain prise d'une impulsion, je ramassai une roche si grosse que j'eus du mal à la porter et je m'avançai, jambes raides, vers la tombe de Mme Heldon. J'y déposai la pierre et partis en chercher une autre. Grover me regarda avec des yeux pleins de reconnaissance et je sus que j'avais fait ce qu'il fallait, peut-être la seule chose qu'il y eût à faire.

Il se joignit à moi et, ensemble, nous rassemblâmes suffisamment de pierres pour recouvrir la moitié de la tombe avant que les adultes aient fini leurs prières et ne nous imitent. Les hommes apportèrent alors des pierres plus grosses encore. M. Heldon en choisit lui-même quelques-unes, puis se recula, le visage blême et froid comme des cendres grises.

M. Taylor, M. McMahon et M. Silas trouvèrent une énorme dalle noire, plate sur l'un de ses côtés, de la forme d'un nuage d'orage poussé par le vent. Transpirant sous l'effort, ils la roulèrent et la tirèrent dans la clairière. Puis les autres hommes prirent la relève et la soulevèrent pour la dresser à l'extrémité de la tombe en guise de stèle. Lorsque M. Kyler lança l'appel du rassemblement pour le départ, la tombe de Mme Heldon avait disparu sous un tumulus de pierres. Grover, les yeux baissés, continuait de s'en occuper.

Le convoi s'ébranla, le père de Grover ramena son attelage sur la piste, et je restai à l'arrière. J'allai chercher le mustang tout en gardant l'œil sur Grover. À mon retour, il n'avait toujours pas quitté la tombe de sa mère. Son père, lui, avait repris sa place habituelle dans la file des chariots et avait déjà bien avancé ; il semblait avoir totalement oublié son propre fils.

J'avisai alors Mme Kyler, qui s'était tournée pour me regarder depuis l'avant du chariot, penchée à l'angle de la bâche. Je lui fis un signe de la main, puis je pointai le doigt dans la direction de Grover. Elle me répondit aussi par un signe de la main, et je sus que nous nous étions comprises.

En m'approchant, je vis que Grover avait ramassé un caillou de la taille de son poing. Il leva les yeux lorsqu'il entendit le bruit des sabots du mustang. Ses yeux étaient vides de toute expression. Je me demandai si j'avais eu cet air-là, moi aussi. Il pivota sur ses talons, traça un large cercle avec son bras et le caillou quitta sa main, projeté par toute la force de son corps, toute la violence de sa douleur.

Je restai près de lui tout en écoutant le sifflement de la pierre qui passa entre deux pins et tomba en allant heurter des éboulis, avant de ricocher sur eux, puis de s'arrêter dans sa course après plusieurs rebonds dans des aiguilles de pin. Grover n'avait rien visé et il ne me regarda pas non plus.

— Il lui a dit hier soir qu'il ne resterait pas dans l'Oregon et qu'il n'avait aucune envie de s'occuper d'une ferme, murmura-t-il.

Je tentai de comprendre pourquoi son père avait pu dire une chose pareille à sa femme. Pour l'inquiéter ? Comment pouvait-on être si cruel avec une femme si malade et si faible ?

Grover me jeta un regard de côté, puis se détourna.

— Katie, je le déteste. Je ne resterai pas avec lui. Mais qu'est-ce que je vais faire ?

— Tu trouveras ton propre chemin, lui répondis-je. Mme Kyler dit que, pour certains d'entre nous, c'est la seule solution.

Il s'agenouilla et embrassa les pierres qui recouvraient sa mère, puis se releva et s'éloigna. Je me précipitai à sa suite avec le mustang et pris place à ses côtés. Tout le long de cette journée, nous marchâmes derrière les chariots, et ni lui ni moi ne prononçâmes plus un seul mot. Je restai près de lui, c'est tout. Il n'y avait rien d'autre que je puisse faire.

Chapitre 10

— Aujourd'hui, nous devrions atteindre les Dalles, dit M. McMahon à sa femme un matin, le nez plongé dans son guide.

Aussitôt, il répéta la nouvelle à tue-tête. Charles Kyler la transmit à M. Taylor en criant aussi fort et, en quelques secondes, tout le convoi était au courant. Une petite vague d'acclamations fatiguées s'éleva de la colonne des chariots. Puis j'entendis la voix de Mlle Liddy, haut perchée, heureuse et retentissante. Le mustang secoua la tête et fit quelques pas de côté avant de reprendre les longues foulées dont j'avais dû apprendre à suivre le rythme.

J'avais pris l'habitude de rester à proximité

du chariot de M. Heldon. Parfois, Grover venait nous rejoindre, moi et le mustang.

Soudain, le ton hargneux de M. Heldon filtra jusqu'à moi et je m'approchai encore.

— Je me fiche de ce que tu penses, disait-il. Si tu t'étais mieux occupé d'elle...

Je ne pus entendre le reste de la phrase, mais je l'imaginai aisément.

Je retins mon souffle. Comment pouvait-on être aussi cruel ? D'autant que ses reproches adressés à Grover n'étaient pas fondés. Personne n'aurait pu aider quelqu'un mieux que Grover avait aidé sa mère. Je ralentis le pas et feignis de chercher de l'herbe pour le mustang avant que M. Heldon ne remarque ma présence.

Quelques instants après, Grover m'aperçut et me rejoignit. Il marcha avec moi une heure ou deux. Puis il partit voir Andrew et s'occupa du troupeau.

À midi, j'allai le chercher et il vint manger avec moi près du feu de camp de Mme Kyler. Il nous aida à tout ranger et resta avec nous jusqu'au soir. Son père ne sembla même pas se demander où il était, ou bien il ne s'en souciait pas.

Nous arrivâmes aux Dalles avant le coucher du soleil. La ville avait été bâtie près d'une gorge étroite dans laquelle s'engouffrait le cours rugissant de la rivière Columbia. Nous l'entendions depuis notre campement — qui se trouvait pourtant à près d'un kilomètre et demi de la ville. Nous avions choisi cet endroit pour que les bêtes puissent se nourrir ; plus près des Dalles, les herbages avaient déjà été rasés par les animaux des convois qui nous avaient précédés.

Une fois le cercle des chariots formé pour la nuit, tous ou presque, nous allâmes à pied voir si les guides disaient la vérité. Oui. Il y avait un endroit où les ornières laissées par les chariots s'arrêtaient, net. Les convois ne pouvaient pas aller plus loin : la route s'arrêtait devant la rivière. Nous restâmes figés.

La rivière Columbia, large et profonde, de la couleur d'un ciel d'orage, se frayait un passage par la force des méandres de ses courants tourbillonnants. À moins de hurler, on ne s'entendait pas parler.

La taille et la puissance de ce cours d'eau à elles seules m'effrayèrent. Visiblement, cela effrayait tout le monde. Pendant que nous nous tenions là, deux Indiens passèrent, portant sur leurs dos trois canoës amarrés l'un à l'autre. Était-ce ainsi que les gens traversaient ? Nous rentrâmes tous au campement sans dire grand-chose.

Nous n'étions pas les seuls à bivouaquer là et, le lendemain, nous discutâmes avec d'autres convois. Mes craintes étaient justifiées. Dans un rayon de plus d'un kilomètre autour de la ville, toutes les personnes que nous voyions attendaient que les Indiens les transportent sur la rive opposée de la rivière dans ces canoës, qu'ils louaient comme bacs. On nous avertit que l'attente pouvait être d'une semaine ou plus et que la règle était « premier arrivé, premier transporté ».

Le lendemain matin, je laissai le mustang avec le troupeau d'Andrew Kyler et je repartis avec Grover jusqu'au bord de la rivière. Le rugissement de l'eau suffisait à dissuader de prendre même un véritable bac, doté d'un fond bien plat et d'un pont bien large — sans parler de canoës instables transformés en bacs.

Et pourtant, il y avait sur les berges des groupes de trois ou quatre canoës attachés ensemble et rassemblés sous des planches que l'on avait fixées sur eux en guise de plate-forme. Non loin de là, des personnes s'affairaient à enlever les roues de leurs chariots pour que les caissons de ces derniers reposent bien à plat.

— Regarde, me dit Grover en pointant le doigt.

Je me tournai dans la direction qu'il indiquait. L'un de ces bacs de fortune — un groupe de trois canoës amarrés ensemble avec un chariot sans roues déjà perché sur la plateforme — amorçait la traversée. Les Indiens qui le dirigeaient le manœuvraient avec une dextérité prodigieuse, mais lorsque l'embarcation passa au-dessus d'un rapide, elle se disloqua. Le chariot chavira et nous entendîmes hurler les passagers projetés dans les tourbillons. Grâce à la force et à la présence d'esprit des Indiens, personne ne se noya, mais le chariot, lui, sombra. Cet accident ne fit qu'amplifier nos craintes.

À notre retour, je prévins Mme Kyler que je voulais aller en ville pour voir si quelqu'un y connaissait mon oncle. Elle acquiesça d'un signe de tête et me demanda si je voulais que quelqu'un m'accompagne. Je lui répondis que non, que cela ne me posait pas de problème — mais ce n'était absolument pas vrai. Chaque fois que je décidais de m'enquérir de mon oncle, j'étais pleine d'espoir — et, chaque fois que cet espoir était déçu, je m'effondrais.

J'étais déjà loin sur le chemin qui menait à la ville quand j'entendis quelqu'un accourir derrière moi. Grover me rattrapa, haletant :

— Mme Kyler dit que je suis censé garder un œil sur toi, me lança-t-il d'une voix entrecoupée.

— Je n'ai pas vraiment besoin qu'on m'accompagne, lui répondis-je.

— Mais est-ce que ça te dérange ? m'interrompit-il. Mme Kyler sera contrariée si je ne le fais pas.

— Ça ne me dérange pas, Grover, lui dis-je en soupirant et en secouant la tête. J'ai peur, c'est tout.

Il opina et je sus qu'il m'avait comprise.

— Si je vois mon père, je me cacherai, reprit-il calmement. À l'heure qu'il est, il aura certainement commencé à boire.

Je lui adressai à mon tour un signe de tête compréhensif — je m'en voulais terriblement d'avoir oublié que mes malheurs n'étaient pas pires que ceux des autres.

Tout en marchant, Grover rassembla ses pans de chemise et les rentra dans son pantalon. L'espace d'un instant, je le regardai comme aurait pu le faire un inconnu. Ses cheveux étaient longs et ébouriffés, sa chemise était rapiécée et le genou gauche de son pantalon était barré par un accroc béant. Je baissai ensuite les yeux vers ma robe tachée et me demandai quelle image nous pouvions bien donner. Mais plus nous approchâmes de la ville, plus je me rendis compte que la plupart des gens dans les rues avaient exactement la même allure que la nôtre — ils avaient l'air fatigués et ils étaient sales et dépenaillés.

Je jetai un coup d'œil à Grover :

— On se limite aux commerces, lançai-je.

Il acquiesça d'un signe de tête et me suivit sans dire un mot ou presque tandis que je remontais un côté de la grand-rue, puis, arrivée au bout, traversais et repartais en sens inverse sur le côté opposé. C'était décourageant. Pas une âme n'avait entendu parler de Jack Rose. La tête de plus en plus basse, je pressai le pas. J'essayais de ne pas pleurer. Toujours en silence, Grover se contenta d'accélérer pour ne pas se laisser distancer, tandis que mes entrées et sorties des magasins se faisaient de plus en plus rapides. Personne ne savait rien sur mon oncle.

— Ça ne veut rien dire, Katie, me dit Grover alors que nous atteignions le bout de la rue. Ici, les gens ne font que passer, et par milliers. Les commerçants n'ont le temps de faire connaissance avec quasiment personne.

— J'espère que tu as raison, lui répondis-je en prenant une longue inspiration.

Il sauta un pas pour me rattraper.

— Tu sais bien que j'ai raison. C'est à Oregon City que tu trouveras quelqu'un qui saura où il habite. Pas ici.

J'acquiesçai.

— Parfois, je ne peux pas m'empêcher d'avoir peur, ajoutai-je.

— Essaie encore dans ce magasin, tu verras bien, me dit Grover, le doigt pointé vers la dernière boutique de la rue.

C'était un marchand de tissu. Je ralentis. Il avait raison. Que je sois triste ou non, c'était stupide de ne pas tenter ma chance une dernière fois.

Le commerçant arrangeait ses rouleaux de tissu poussiéreux. Il n'avait jamais entendu parler de Jack Rose. Mais il était bavard. Il me posa beaucoup de questions, pour savoir d'où nous venions, combien de temps il nous avait fallu pour faire le trajet, combien de kilomètres nous avions encore l'intention de parcourir.

— Nous voulons aller jusqu'à Oregon City, lui expliquai-je. Mais cette rivière fait peur.

— Même si on m'donnait tout l'or du monde, j'mettrais pas les pieds dans leurs canoës. Vous avez entendu parler de la route Barlow ?

Grover et moi répondîmes par un signe de tête négatif. Ni lui ni moi ne la connaissions.

— Il faut passer un péage, et elle est raide, mais elle permet d'éviter la rivière et leurs fichus canoës.

— On va en parler aux hommes de notre convoi, dit Grover en le remerciant.

Je ressortis sur le pas de porte en bois, le cœur un peu plus léger. C'était fini. Personne dans cette ville ne connaissait mon oncle et je n'avais plus besoin de m'en inquiéter. Mais quelqu'un, à Oregon City, saurait qui il était. De plus, j'étais heureuse d'avoir découvert l'existence de cette route Barlow. Il me semblait parfaitement logique d'éviter la Columbia et j'étais sûre que M. Kyler et les autres hommes du convoi seraient du même avis que moi.

Ce fut le cas. Il n'y eut même pas de discussion. Tout le monde avait vu l'accident avec les canoës ou en avait entendu parler. Le lendemain matin, nous prîmes la direction de cette fameuse route. Le péage était de cinq dollars par attelage, et Andrew Kyler dut payer par tête de bétail. C'était cher, surtout que la plupart des gens avaient déjà pioché dans leurs économies plus qu'ils ne l'auraient voulu, et tâchaient d'épargner le moindre cent pour acheter les outils et les semences dont ils auraient besoin dans leurs nouvelles fermes. Pourtant, personne ne rechigna.

Le marchand de tissu n'avait pas menti. La route était terriblement difficile. Étroite et raide, en fait, c'était à peine une route. Elle était jonchée de pierres, grosses comme des poings, qui s'enfonçaient dans nos pieds et faisaient souffrir les bœufs et les chevaux.

Malgré tous ces inconvénients, nous étions loin d'être les seuls à l'avoir empruntée. Beaucoup de gens avaient décidé qu'il valait mieux gravir le flanc d'une montagne sur une piste récemment défrichée que se confronter à la rivière. Nous n'allions pas vite, mais le convoi qui nous suivait n'essaya même pas de nous rattraper, ou n'en fut pas capable. Tout le monde était épuisé. Il était bien assez difficile d'avancer.

La plupart du temps, Grover marchait avec moi. Il parlait à peine. Il était affamé, mais il n'acceptait la nourriture que Mme Kyler lui proposait que lorsqu'il ne pouvait vraiment plus supporter la faim. Son père n'avait plus de vivres. Il avait dépensé ses derniers dollars pour acheter du whisky aux Dalles. Il passait les journées à tanguer, avachi sur le siège de son chariot, et aboyait lorsqu'on essayait de lui parler.

M. Kyler et M. Craggett avaient payé son péage, mais j'étais certaine qu'ils l'avaient fait pour Grover. Les autres hommes ne toléraient M. Heldon et son ivrognerie que parce qu'ils avaient pitié de lui, parce qu'il avait perdu sa femme, et parce qu'ils savaient que le voyage était bientôt terminé et qu'ils n'auraient plus jamais besoin de se préoccuper de son sort. Il avait annoncé à tout le monde qu'il avait l'intention de poursuivre son chemin dès notre arrivée à Oregon City.

Grover évitait son père autant qu'il le pouvait, et le pire c'est que ce dernier ne venait même pas le chercher. Chaque nuit, Grover dormait désormais près du feu de camp des Kyler dans des couvertures qu'ils lui avaient prêtées.

Chaque instant de la journée ou presque, il s'entraînait à jongler avec des pierres — debout, assis ou en marchant. Il était de plus en plus doué. Je l'avais aperçu à plusieurs reprises en compagnie de M. Swann qui, visiblement, lui apprenait de nouvelles passes. J'en étais heureuse. Il voulait continuer le voyage avec eux et je souhaitais de tout mon cœur qu'ils l'acceptent.

Parfois, je prenais place à l'arrière du convoi avec Andrew Kyler et son troupeau. J'aimais bien la compagnie de Delia et de Midnight, auxquelles je passais de temps en temps un licol pour les emmener paître avec le mustang.

Delia était plus calme que dans mes souvenirs et Midnight, pour une raison ou pour une autre, était devenue très affectueuse. Elle frottait son front sur mon épaule et mordillait mes doigts quand je la caressais. Les autres chevaux avaient l'air fourbus et bougons. Delia et Midnight, elles, semblaient satisfaites. J'en vins à la conclusion que notre compagnie leur avait manqué. Elles aimaient être avec le mustang, c'était certain, et je décidai de les emmener paître avec lui aussi souvent que je le pouvais.

Je me surpris à parler au mustang tout haut, et de plus en plus souvent, quand j'étais seule avec les trois chevaux. Je lui racontais à quel point j'avais peur, et lui restait tout près de moi, son haleine chaude soufflant sur mon visage et dans mon cou. J'étais si heureuse de l'avoir comme ami, si reconnaissante qu'il me tienne compagnie. Ce jour-là, je le lui dis. Il leva la tête en hennissant, fort et longtemps, comme s'il m'avait comprise. Son cri retentit à tous les échos contre les parois de la montagne.

Chapitre 11

Lorsque nous amorçâmes la descente dans la vallée de la Willamette, tout le monde s'anima un peu. La région était magnifique. C'était l'endroit où les Kyler rêvaient d'installer leur ferme. C'était l'endroit que les Taylor et les Craggett voulaient par-dessus tout. Les McMahon, et Toby lui-même, retrouvèrent leur sourire.

M. Kyler sortit sa selle du chariot et partit aussitôt à la recherche d'un lopin de terre. Les autres hommes aussi. Ils reviendraient avant la tombée du jour pour dire aux autres ce qu'ils avaient vu. Tout s'annonçait bien. Je repris espoir. Si ces terres étaient si fertiles et s'il en restait effectivement tant à occuper, il y avait de bonnes chances que mon oncle Jack s'en soit bien sorti et qu'il puisse me prendre chez lui.

Grover passait désormais la plupart de ses journées avec Andrew Kyler, à l'aider auprès des animaux. Je savais qu'il le faisait pour mériter les repas qu'on lui offrait.

M. McMahon et M. Taylor espéraient pouvoir devenir voisins et, pendant que le reste du convoi continuait d'avancer, ils entreprirent de parcourir la vallée ensemble, à la recherche de deux lots de deux cent cinquante hectares attenants.

Un matin, sans prévenir, M. Silas et ses amis levèrent le camp. Personne ne connaissait leur destination finale ni la raison pour laquelle ils avaient décidé de partir si subitement. Médusés, nous les regardâmes s'éloigner. Ils partaient vers le sud-ouest — c'est tout ce que nous saurions jamais.

Depuis des mois, les Craggett étaient sombres et silencieux, mais ils commencèrent à se dérider et à reparler avec les autres, ainsi qu'à chercher une terre. Bien sûr, Mme Craggett continuait à faire tout son possible pour ne pas avoir à adresser la parole à Mlle Liddy.

Pourtant, je me souvenais de tout ce que cette dernière avait fait pour la sécurité de chacun dans notre convoi. Je me promis de ne jamais traiter qui que ce soit comme Mme Craggett se permettait de le faire.

Mlle Liddy et ses amis ne cherchaient pas de terre — et passaient leur temps à s'entraîner pour leur spectacle. Cela me donna l'occasion de monter un peu Geneviève et, un soir, je réussis même à me tenir debout sur son dos le temps d'une foulée ou deux avant de devoir me rasseoir. Comme c'était grisant !

Le jour de notre arrivée à Oregon City, nous découvrîmes une ville trépidante. Sur les bords de la rivière Willamette, qui était large et profonde, nous avions passé des roues de moulin qui tournaient paisiblement pour alimenter une scierie et une minoterie. Il y avait des magasins et des boutiques tout le long de la rue par laquelle nous arrivâmes. Le passage de notre convoi ne suscita pas le moindre intérêt, du moins jusqu'à ce que les chariots de Mlle Liddy ne fassent leur entrée.

Geneviève ouvrait la marche, montée sans bride ni selle, mais avec panache, par Mlle Liddy, qui s'était coiffée d'un chapeau en plumes d'autruche. Les robes et les morphologies inhabituelles des autres chevaux attachés derrière les chariots attirèrent les regards stupéfaits des passants. Quant à M. Swann, M. Dillard et M. Le Croix, ils avaient revêtu des chemises bariolées.

Je m'amusai avec Grover à observer le visage des gens changer d'expression dès qu'ils remarquaient Mlle Liddy. Certains en restaient littéralement bouche bée. Nous fûmes obligés de nous mordre les lèvres pour ne pas éclater de rire.

Les chariots avaient été habillés de bannières annonçant : « CIRQUE McKENNA & Co. » J'étais persuadée que Mlle Liddy et ses partenaires donneraient une représentation dès qu'ils le pourraient. S'ils attendaient trop longtemps, l'hiver s'installerait. Nous aurions donc la chance de les admirer avant qu'ils ne s'envolent vers une autre destination.

Nous traversâmes la ville, puis nous poursuivîmes notre route. Nous passâmes devant quatre ou cinq campements et nous arrêtâmes enfin quelques kilomètres plus loin au nord, le long d'un fossé, à l'extrémité d'une baissière* située juste au pied de la montage. Aucun de nous ne savait combien de temps il lui faudrait

* Dépression qui retient l'eau de pluie dans une terre labourée. *(N.d.T.)*

pour trouver une terre disponible et, en attendant, les bêtes auraient besoin d'eau et d'herbe.

Les nuits devenaient fraîches et Mme Kyler insista pour nous donner, à Grover et à moi, des couvertures supplémentaires. Le lendemain matin, je décidai de me rendre en ville pour me renseigner sur ma famille. J'attendis pour prévenir Mme Kyler d'avoir terminé mes corvées et d'avoir vérifié que le mustang était bien installé avec le troupeau.

— Ça fait une demi-heure de marche, ou même un peu plus, à l'aller et au retour, me dit-elle. Fais bien attention de rentrer avant la nuit, ajouta-t-elle en levant les yeux pour regarder derrière moi. Grover ? Tu veux bien l'accompagner ?

Grover opina.

— Bonne chance, Katie, me murmura-t-elle avec un sourire.

En chemin, je regardai Grover à la dérobée et lançai :

— Je vais être obligée de parler à mon oncle de ce qu'il est arrivé à mes parents et à ma sœur.

Grover dit lentement :

— Ça ne va pas être facile de lui annoncer ça, Katie.

Nous continuâmes à marcher un moment en silence. Je réfléchissais à la façon dont je formulerais la nouvelle, à la façon dont j'expliquerais. Il faudrait que je lui parle des Stevens, et d'Hiram aussi.

Grover arracha un brin d'herbe et en mordilla la racine sucrée avant de se tourner vers moi en soupirant :

— Il sera content de te voir. J'aimerais bien avoir un oncle.

Il se tut durant un long moment, puis il reprit :

— Je vais m'enfuir, Katie. D'une façon ou d'une autre, il faut que je me libère de mon père.

Je le regardai bien en face et hasardai :

— Peut-être que mon oncle pourra te prendre, toi aussi.

Grover cligna des yeux, puis son visage s'éclaira :

— Ça me plairait, Katie. Je travaillerais dur pour mon entretien.

— Je n'en doute pas, lui fis-je en hochant la tête.

Il me sourit. Nous approchions des abords de la ville et je relevai le menton. J'entrerais partout où je le pourrais et j'arrêterais les fermiers dans la rue si nécessaire. Mon oncle Jack était quelque part, dans la région, et j'étais bien décidée à le retrouver.

La rue était pleine de gens et nous dûmes nous frayer un chemin dans cette foule. Le premier bâtiment dans lequel je tentai ma chance fut un hôtel. Son propriétaire n'avait jamais entendu parler de mon oncle. Pas plus que son employé ou la femme qui nettoyait les sols à la lessive de soude.

Une écurie de louage se trouvait juste à côté. Elle était grande et remplie de chevaux à l'air fourbu.

— Jamais entendu ce nom, me dit l'homme. Mais je ne vais pas au saloon et je ne parle pas à tant de gens que ça. Les gens de votre convoi ont des bêtes à vendre ?

— On leur dira que vous achetez, lui répondit Grover.

Sans un mot, l'homme retourna à son travail.

— Il est possible que ton oncle ait une ferme assez loin d'Oregon City, suggéra Grover tandis que nous reprenions notre quête. Il ne vient peut-être pas si souvent que ça en ville.

J'opinai en lui souriant, résolue à ne plus céder à la peur. Nous pénétrâmes dans trois autres bâtiments, mais personne n'y avait jamais entendu le nom de mon oncle non plus. Nous nous dirigeâmes alors vers deux hommes qui travaillaient à la forge du maréchal-ferrant.

L'un d'eux se gratta la tête :

— Non, connais pas.

Puis il se frotta les yeux et reprit :

— Attendez !

Mon cœur bondit. Je regardai Grover à la dérobée. Il me sourit. Je retins mon souffle.

— C'est pas le gars qui s'est attiré des ennuis aux cartes, Pete ? Celui qui devait tout cet argent à Sam Preston ?

L'homme qui maniait le soufflet devant la forge s'arrêta de pomper.

— C'est possible. Oui, je crois bien que c'était lui. Jack Rose. Une tignasse noire, des yeux bleus — un grand gars. J'ai entendu dire qu'il était parti pour la Californie en chariot. Et qu'après il s'est embarqué sur un baleinier à San Francisco. Quoi qu'il en soit, ça fait plus de deux ans qu'il a quitté l'Oregon, jeune fille.

Je sentis la main de Grover autour de la mienne. Je ne me rappelle pas avoir remercié les forgerons, et je ne me souviens pas non plus du retour dans la rue en terre battue. Mon seul souvenir est que Grover me soutint jusqu'à ce que je sois assez solide sur mes pieds pour pouvoir marcher seule. Puis il me lâcha la main et s'écarta avec discrétion.

— J'aurais dû m'en douter, murmurai-je alors que nous approchions des chariots. Je *voulais* tellement qu'il soit là.

Je m'essuyai les yeux, ma respiration était saccadée. Je me mis à pleurer.

— Je voulais qu'il ait une femme gentille et deux filles de mon âge ou à peu près.

Je secouai la tête de dépit, comprenant bien la sottise de mes paroles. J'avais cru à une rêverie. Et je me retrouvais à trois mille kilomètres de l'Iowa, mais pas plus près d'avoir un chez-moi que lorsque je vivais chez les Stevens.

— Alors ? nous lança Mme Kyler en nous voyant arriver.

Je savais que mon visage était rouge d'avoir pleuré.

— Katie ? Tu as découvert quelque chose ?

J'opinai en me mordant la lèvre.

— Il n'est pas ici. Il a eu des ennuis et il est parti en Californie il y a deux ans.

— Ah, mon enfant ! s'écria Mme Kyler. Oh, Katie, je suis si désolée !

Avant qu'elle puisse dire ou faire quoi que ce soit d'autre, je relevai mes jupes et m'enfuis à toutes jambes. J'entendis Grover m'appeler, mais je ne répondis pas. Je me précipitai jusqu'au mustang, lui passai la longe, puis repartis en courant avec lui trottant à mes côtés.

Je ne m'arrêtai qu'un kilomètre ou deux après, au-dessus du campement. De là, les chariots ressemblaient à des jouets.

Haletante, je racontai tout au mustang. Il se mit à paître paisiblement, levant la tête de temps en temps pour me renifler le visage et le cou du bout du nez. Puis je repris la marche, au moment où une brise se levait et fit voleter ma jupe.

Le mustang me suivit, comme toujours. J'avançai, jambes raides, poings serrés. J'étais si furieuse contre moi-même. Je me sentais si bête et si impuissante. Que pouvais-je faire maintenant ? Les Kyler étaient des gens merveilleux, doux et bons. Mais ils n'étaient plus tout jeunes, et ils avaient de grands enfants, tous adultes et mariés, et des petits-enfants, nés ou à naître, auxquels penser. La dernière chose dont ils avaient besoin, c'était d'une orpheline à recueillir. Et Grover. Le pauvre. Je lui avais presque fait une promesse. Peut-être les Kyler le prendraient-ils, lui. Je l'espérais.

Ils n'avaient jamais mentionné la possibilité que je reste avec eux, et pourquoi l'auraient-ils fait ? Cultiver la terre serait difficile les premières années. Il y aurait à peine assez de quoi manger pour eux et pour leurs bêtes.

Andrew m'avait offert d'acheter l'étalon ; il ne m'avait jamais offert de place dans sa famille. Il avait déjà un bébé, et sa femme en attendait un autre. Prendre quelqu'un signifierait partager une nourriture rare. Le mustang souffla longuement son haleine chaude le long de ma nuque et je levai les yeux vers lui.

— Si Mlle Liddy accepte de me prendre, peut-être que nous pourrons...

Je m'arrêtai dans ma phrase. Il se passerait beaucoup de temps avant que je puisse monter à cheval assez bien pour ajouter quoi que ce soit à leur spectacle. Qui sait, peut-être ne serais-je jamais douée. Mlle Liddy n'était pas tombée de la dernière pluie. Elle ne m'avait pas offert de place dans sa troupe et il n'y avait aucune raison au monde pour qu'elle le fasse non plus.

Je continuai de gravir le flanc de la montagne, perdue dans des pensées tristes et confuses, et je ne me rendis compte que je m'étais enfoncée dans un tapis d'herbe haute et grasse que lorsque le mustang tira d'un coup sec sur sa longe. Je m'arrêtai et, aussitôt, il se mit à brouter.

Je voulais pleurer, mais je n'y parvins pas. J'avais dépassé ce stade et je me contentai de m'appuyer contre l'épaule du mustang, bougeant en même temps que lui, laissant mes pensées tourbillonner puisque je ne pouvais les arrêter. J'entendais le chant des oiseaux au-dessus de ma tête, le soupir de la brise, et le bruit que faisait le mustang en arrachant avidement de grosses touffes d'herbe. C'était comme si le reste du monde avait disparu.

Soudain, le mustang leva la tête si brusquement que je me tournai, m'attendant à voir quelqu'un ou quelque chose arriver. Grover ? Mais personne n'approchait.

Le mustang baissa de nouveau la tête. La dureté des kilomètres parcourus à travers les étendues d'armoise, les cols de montagne, l'avait à moitié affamé. Il n'avait pas vu d'herbe comme celle-ci depuis des mois.

— Bon, lui dis-je en prenant une bonne bouffée d'air. Demain matin, on viendra ici avec les juments et...

Le mustang frappa le sol derrière lui d'un coup de sabot et leva la tête brusquement de nouveau, en arquant l'encolure. Je me tus. Il se détourna de moi pour faire face au vent. Je m'approchai de lui.

— Qu'est-ce qu'il y a ?

Il souffla longuement, puis leva le nez pour flairer l'air.

Je tirai doucement sur sa longe, mais il ne réagit pas.

— Si c'est un loup ou quelque chose comme ça, il vaut mieux qu'on reparte, murmurai-je.

Ce disant, je regardai par-dessus mon épaule dans la direction du campement, m'attendant à voir au loin les minuscules points blancs des bâches. Mais, sans le savoir, j'avais contourné la colline, et les chariots avaient disparu.

Le mustang alors se mit à piaffer. Je ne voyais pas ce qu'il avait flairé. Mais peu importait ; il était plus sage de rentrer. Je me tournai, pensant qu'il m'imiterait, mais il resta sans bouger. J'étais si surprise que j'en trébuchai et tirai sur la longe sans le faire exprès. L'étalon s'effaroucha et se cabra.

Instinctivement, je relâchai mon étreinte pour ne pas être soulevée de terre, puis j'attendis qu'il se calme. Mais il ne se calma pas. Une fois retombé à terre, il fit des pas de côté, puis secoua sa crinière avant de se cabrer une nouvelle fois.

— Du calme. Calme-toi maintenant, lui chantonnai-je tout en scrutant les arbres au-dessus de nous.

Je ne voyais rien, mais cela ne signifiait pas grand-chose.

— Allez, viens, repris-je en tirant de nouveau doucement sur la longe, en vain. Je te ramènerai ici demain matin, lui promis-je.

Mais il refusait de bouger. L'anxiété me gagna. Je ne me rappelais pas l'avoir jamais vu réagir de cette façon. Je n'avais aucune idée du temps qu'il me faudrait pour l'apaiser et le convaincre de me suivre, mais je savais que je n'aurais pas dû venir si loin sans dire à personne où j'allais. Mme Kyler s'alarmerait. Tout comme Grover, j'en étais sûre. J'étais si affligée que je n'avais pensé qu'à m'enfuir, loin de toute présence.

— S'il te plaît, implorai-je le mustang, en lui parlant comme je l'avais toujours fait.

Je lui expliquai que les gens s'inquiéteraient à notre sujet, qu'il était temps de rentrer maintenant.

Il releva la tête en hennissant.

C'est alors que j'entendis le bruissement et ce qui ressemblait à des bruits de pas sous les arbres en contrebas. Je retins mon souffle et me redressai pour mieux voir.

— Grover ? Est-ce que c'est toi ?

De nouveau, le mustang hennit, doucement cette fois, et je décidai de tirer d'un coup sec sur la longe. Il tourna l'encolure pour me regarder, puis se remit dans le vent en hennissant.

— Grover ? répétai-je plus fort.

Cette fois, j'eus ma réponse. Si ce n'est qu'elle ne s'adressait pas à moi. C'était un autre hennissement.

Maintenant que je savais ce que je cherchais, je n'eus pas de mal à repérer la jument. Elle avait une robe couleur de miel, une crinière et une queue longues et noires. Elle recula sous la protection des arbres au moment même où j'en avisais une autre aux reflets cuivrés intenses, qui passait un peu plus bas. Je concentrai alors mon attention sur les arbres et distinguai entre les branches trois autres juments, aux courbes lisses et vigoureuses.

Le mustang secoua la tête de nouveau et avec force tout en tirant sur la longe. Je tentai de le ramener à moi. Il me traîna un peu plus à lui. La jument hennit une nouvelle fois. Il lui répondit.

Cet échange ne sonnait pas comme l'annonce d'un duel. Pour une raison ou pour une autre, ces juments semblaient être sans étalon. J'en vis deux autres qui se faufilaient entre les pins, une grise et une alezane de grande taille.

L'étalon se tourna vers moi et je vis dans son regard une expression que je ne lui connaissais pas. C'était comme si quelqu'un avait allumé une lanterne à l'intérieur de son corps. Je sentis mes yeux s'emplir de larmes. Je ne trouverais peut-être jamais de chez-moi, mais lui, si. Cette région de l'Oregon était celle dans laquelle il avait grandi. Il avait seulement besoin que je lui ôte son licol et que je le laisse partir.

Je commençai à pleurer, très fort. Tout ce qui comptait pour moi disparaissait, m'était arraché. Mais je savais ce qu'il était juste de faire. J'aimais le mustang. Il était devenu mon ami alors que je n'en avais pas un seul autre au monde.

Mes mains tremblaient et ma vision était troublée par mes larmes, mais je pris ma décision. L'empêcher de retrouver *sa* maison équivaudrait à ignorer sa bonté.

Refoulant mes sanglots, je débouclai son licol et le glissai par-dessus ses oreilles. Le mustang vint me toucher la joue du bout du nez, puis s'écarta, secoua la tête, et la frotta sur l'antérieur qu'il avait allongé, afin d'effacer toutes les marques laissées dans sa robe par les lanières de cuir.

Il avança de quelques pas et je retins mon souffle. Il s'arrêta et se tourna une nouvelle fois vers moi.

— Au revoir, lui murmurai-je. Merci.

Il me fixa un long moment de ses yeux intenses et bons.

Puis l'une des juments hennit. Sans le vouloir, je levai le bras au moment même où le mustang pivotait, se cabrait, puis s'élançait pour dévaler la pente au galop. Je laissai mon bras retomber lentement et le regardai, le cœur meurtri, disparaître dans la forêt. Le piétinement des sabots et les hennissements se firent plus bruyants, puis s'amenuisèrent jusqu'à disparaître complètement.

Longtemps, je restai là, immobile, l'oreille tendue, me sentant vide, apeurée, et seule. J'enroulai la longe et mis le licol sur mon épaule, puis je rebroussai chemin vers les chariots. Ce fut la marche la plus longue de ma vie. Je m'arrêtai deux fois pour pleurer, ne pouvant m'empêcher de me retourner, encore et encore, dans l'espoir de le voir, de l'entendre, mais il n'était plus là.

Lorsque j'arrivai au campement, je n'avais même plus la force de pleurer. Je savais que j'avais fait ce qui était juste. Je le savais. Mais la brûlure de la douleur et le poids de pierre sur mon cœur n'en étaient pas moindres pour autant.

Chapitre 12

Le lendemain, lorsque je m'éveillai, ma première pensée fut pour le mustang et je me souvins qu'il n'était plus là. Le poids qui m'oppressait me paraissait trop lourd à porter. Mon rêve de vivre avec mon oncle Jack s'était envolé — et mon meilleur ami aussi. Je me sentais triste et engourdie. J'avais l'impression d'avoir laissé mon propre cœur sur le flanc de cette montagne. Dans les jours qui suivirent, j'effectuai mes corvées, lentement, sans motivation. Mme Kyler m'observait, tout comme Grover, mais ils me laissèrent tranquille, ce dont je leur fus reconnaissante.

La vie au campement continua comme avant. Chaque famille s'affairait à trouver une terre. J'aidais Mme Kyler comme d'ordinaire en me préparant au jour où elle me dirait de prendre mes dispositions et de trouver du travail en ville. Le matin, je continuais d'emmener paître les juments. Pour étrange que cela puisse paraître, leur présence me faisait du bien, car je savais que le mustang leur manquait à elles aussi.

La plupart des soirs, je préparais le souper avec Mme Kyler, puis j'allais rendre visite à Midnight et Delia avant de me coucher. En général, je pleurais un peu et les juments semblaient comprendre pourquoi. Un soir, Andrew fit le tour de son troupeau pour vérifier que les chevaux allaient bien. Lorsqu'il me vit, il s'approcha et me remercia de si bien m'occuper des deux juments.

— Elles mangent chaque brin d'herbe que je leur trouve, lui dis-je. Les flancs de Delia grossissent et ceux de Midnight se sont déjà bien remplis. Elles gagnent du poids plus vite que tous les autres chevaux.

À l'instant même où ces mots passaient mes lèvres, j'entendis ce que j'avais dit, et je compris. Je rougis. Andrew sourit et je sus que j'avais raison. Ravie, j'écarquillai les yeux :

— Elles sont pleines toutes les deux ? m'exclamai-je. Depuis combien de temps le savez-vous ?

Il sourit de nouveau.

— Depuis un mois ou deux.

Je n'en revenais pas :

— Pourquoi est-ce que vous ne me l'avez pas dit ?

Il haussa les épaules.

— J'aurais probablement dû. Mais je ne voulais pas que toi et ma mère ayez une raison supplémentaire de vous inquiéter chaque fois qu'on traversait une contrée difficile ou qu'on passait une rivière.

Je restai figée, tandis que le poids sur mon cœur s'allégeait. Deux poulains. Le mustang avait engendré *deux* poulains. Peut-être l'un d'eux lui ressemblerait-il. Ou bien les deux. Je souris en les imaginant en train de jouer, de gambader, de courir dans l'herbe grasse des terres qu'Andrew aurait achetées.

— C'est formidable, me dit Andrew. J'espérais que ça se produirait. Je n'aurais jamais pensé qu'on aurait autant de chance.

Je croisai son regard :

— Est-ce que je pourrai venir les voir ? Je ne sais pas où je finirai par aller, mais, s'il vous plaît, est-ce que je pourrai les voir de temps en temps ?

Andrew étudia mon visage, puis pouffa de rire.

— Si on en a vraiment deux, ma mère m'a fait promettre de t'en donner un dès qu'il sera assez grand. Et je me garde bien de contrarier ma mère.

Je le dévisageai comme s'il me parlait une langue que je n'avais jamais entendue auparavant. Il me tapota l'épaule :

— Ferme ta bouche, Katie. Tu vas gober une mouche.

Je pivotai sur mes talons et partis à toutes jambes vers le chariot de Mme Kyler. Elle éclata de rire en me voyant arriver et je sautai et criai de joie comme Mlle Liddy le faisait parfois, d'une voix forte et haut perchée.

— Tu as enfin compris ? se moqua-t-elle.

Je tapai du pied, feignant d'être vexée :

— Tout le monde le savait ?

Elle opina :

— On est tous si contents.

— Pourquoi est-ce que personne ne m'en a parlé ?

Elle tendit le bras et me tapota la joue :

— Je me suis dit qu'il fallait d'abord que tu t'habitues à ne plus avoir le mustang, soupira-t-elle. J'ai eu tort ?

Ne sachant que répondre, je jetai mes bras autour d'elle et l'étreignis, fort. Elle sentait la fumée de bois et le savon et, l'espace d'un instant, je ne pensai à rien d'autre qu'à sa bonté et à tout l'amour que j'avais pour elle.

— Je ne sais pas où je finirai par aller, commençai-je, mais si je ne peux pas m'occuper du poulain tout de suite, est-ce qu'Andrew le gardera jusqu'à ce que je le puisse ?

— Je suis sûre que oui, me répondit-elle d'un ton solennel.

J'entamai une petite gigue, tournant et sautant comme un pitre. Elle rit. Moi aussi. Tout me paraissait étrange et merveilleux à la fois. Je remarquai que Julia et Polly m'observaient de loin. Même, elles me sourirent et me firent un signe amical de la main. Elles étaient heureuses pour moi !

Le lendemain soir, Mlle Liddy vint nous voir. Grover et moi étions en train de manger une seconde assiette de haricots et elle tira sous elle une caisse pour s'asseoir avec nous près du feu. Mme Kyler nous rejoignit et s'assit juste en face.

— Mon mari et moi avons parlé, lança-t-elle. Grover, nous avons une proposition à te faire.

M. Kyler était appuyé contre le chariot et il hocha la tête pour confirmer.

Je regardai Grover à la dérobée. Il avait cessé de mastiquer et dévisageait Mme Kyler, les yeux pleins d'espoir.

Cette dernière se pencha en avant et ajouta un morceau de bois mort dans le feu. Celui-ci crépita, envoyant flotter des étincelles dans le ciel noir comme de l'encre.

— Et à toi aussi, Katie, ajouta-t-elle. Mlle Liddy et moi-même avons déjà conclu un marché.

Clignant des yeux, je me tournai vers Mlle Liddy. Elle me sourit.

— M. Kyler est prêt à faire sa demande de terre. Nous allons l'aider à construire des abris pour l'hiver, à soigner les animaux, enfin à faire tout ce qu'il y a à faire, et en échange, il nous laissera passer la mauvaise saison sur sa propriété. Moi, Jacob, James, Pierre — et vous deux.

Grover et moi échangeâmes un autre regard à la dérobée. Dans ma poitrine, mon cœur battait à cent à l'heure.

— Andrew m'a dit que tu faisais des miracles avec les chevaux, Katie, reprit Mme Kyler, et tout le monde sait que, toi et Grover, vous travaillez dur.

— Au printemps prochain, poursuivit Mlle Liddy, on pourra en reparler et voir à ce moment-là ce qui sera le mieux pour chacun.

Sur ce, elle fit un clin d'œil à Grover :

— Tu pourras t'entraîner tout l'hiver.

Puis elle me regarda et ajouta :

— Quant à nous deux, on s'occupera de tes talents d'écuyère quand le temps nous le permettra.

Je me tournai et fixai mon regard sur Mme Kyler. Son visage débordait de bonté. Des larmes me brûlaient les yeux, mais je clignai des paupières pour les refouler. L'heure n'était pas aux pleurs. Tout s'arrangerait pour moi. Je n'avais pas trouvé ma propre famille, mais je finissais le voyage avec des amis si proches qu'ils auraient aussi bien pu en faire partie.

Je respirai lentement, le temps de me remettre. Hiram serait si heureux quand je lui écrirais. Annie aussi. Ce n'était pas vraiment ma famille non plus, mais... Je jetai un coup d'œil vers Grover. Avoir de la famille ne garantissait pas que l'on soit aimé.

— Alors ? fit Mme Kyler, son regard allant de l'un à l'autre. Marché conclu ?

Grover et moi fîmes le même signe de tête affirmatif.

— Quant à vous, vous êtes toujours la bienvenue, dit-elle à Mlle Liddy avant d'ajouter en se tournant de nouveau vers nous : Et vous, si un jour vous partez, sachez que vous pourrez toujours revenir.

Je souris tout en inspirant l'air doux et frais de l'Oregon. Grover me lança un regard si plein de joie et de soulagement que je lui fis un large sourire.

Je levai les yeux vers le ciel et sus que le mustang se trouvait quelque part sous les mêmes étoiles que moi, à monter la garde pour protéger son troupeau. Il était arrivé chez lui. Et peut-être que j'étais arrivée aussi. Peut-être bien que oui.

WASHINGTON
Oregon City
OREGON
IDAHO
WYOMING
CALIFORNIE
NEBRASKA
KANSAS
IOWA
Davenport
MISSOURI
ILLINOIS
INDIANA
New York

Note de la traductrice

« Comme beaucoup de monde, et jusqu'à un certain âge, la traductrice a cru que la conquête de l'Ouest, c'était les westerns vus à la télévision, les cow-boys et les Indiens, les saloons.

Puis elle a appris en grandissant que le mythe du cow-boy était né dans l'esprit d'un auteur de livres, d'abord, puis avait été repris, très vite, par le cinéma naissant du début du XXe siècle, à Hollywood.

Et voilà que, encore plus âgée, elle découvre Katie et son cheval sauvage, et qu'elle se dit : "Quelle meilleure occasion de parler de ce qu'elle aime, les États-Unis, les cow-boys, les Indiens, mais en rétablissant un peu la vérité !"

Katie a sans doute existé. Son cheval sauvage, aussi.

La conquête de l'Ouest, est d'abord et avant tout un événement historique, véridique : un exode, massif. Dans la première moitié du XIXe siècle, des milliers d'Américains, habitant entre la façade Atlantique et le Mississippi, ont décidé de partir à l'aventure. Ils ont abandonné leur maison, chargé ce qu'ils possédaient dans des charrettes, dans des chariots bâchés, et à pied, en radeau, en bateau à vapeur, ils ont passé le Mississippi, la "frontière" de l'Amérique d'alors, et ils ont entamé une route de plus de trois mille kilomètres à travers des terres inconnues et peuplées d'Amérindiens.

Leur but était d'arriver dans l'Oregon ou la Californie pour y vivre mieux, plus heureux, en y exploitant les forêts et les sols riches dont on leur avait parlé. Mais aussi pour y trouver un climat plus sain, et échapper ainsi aux maladies qui les tuaient en très grand nombre où ils habitaient. Et puis, après 1848, c'est la découverte de l'or qui a lancé une nouvelle vague de pionniers sur les pistes, pour la fameuse et toujours aussi mythique ruée vers l'or.

Tous ces colons, c'étaient les Stevens, les Kyler, les McMahon et tous les personnages que Katie nous fait découvrir ici, au fil d'une belle aventure, une vraie ! »

Catherine GUILLET-DANISON

Kathleen Duey

L'auteur a grandi dans le Colorado. Elle a longtemps vécu en ermite. À 35 ans, elle se lance dans l'écriture. Elle est auteur de plus de 50 livres mettant en scène l'histoire américaine.

Vivez au cœur de vos
passions

La vie en vrai
Passion cheval
Voyage au temps de...
Aventure
Histoires d'ailleurs
Contes, Légendes et Récits
Policier
Humour
Théâtre

CASTOR POCHE

Cet
ouvrage,
le mille huitième
de la collection
CASTOR POCHE,
a été achevé d'imprimer
sur les presses de l'imprimerie
Maury Eurolivres
Manchecourt - France
en mai 2005

Dépôt légal : juin 2005.
N° d'édition : 3026. Imprimé en France.
ISBN : 2-08-16-3026-5
ISSN : 0763-4497
Loi n° 49-956 du 16 juillet 1949
sur les publications destinées à la jeunesse